Gary Northfield

Julius Zebra

Ärger mit den Ägyptern

Gary Northfield

JULIUS ZEBRA

Ärger mit den Ägyptern

Aus dem Englischen von Friedrich Pflüger

Mit Illustrationen von Gary Northfield

cbj

Bei diesem Buch wurden die durch das verwendete Material und
die Produktion entstandenen CO_2-Emissionen ausgeglichen, indem
der cbj-Verlag ein Projekt zur Aufforstung in Brasilien unterstützt.
Weitere Informationen zu dem Projekt unter:
www.ClimatePartner.com/14044-1912-1001

FSC MIX Papier | Fördert gute Waldnutzung FSC® C014496 www.fsc.org

Wir produzieren Klimaneutral ClimatePartner.com/14044-1912-1001 Druckprodukt

Penguin Random House
Verlagsgruppe FSC® N001967

Für meine geniale Herausgeberin Lizzie,
danke für zehn Jahre
voll grenzenloser Begeisterung und Geduld!
(Zehn Jahre?! Voll krass!)

Besonderer Dank an Chloe dafür,
dass sie mit all diesem Unsinn spielend fertig wird.

5. Auflage

Die Originalausgabe erschien 2017 unter dem Titel
»Julius Zebra – Entangled with Egyptians« by Walker Books Ltd., London

Übersetzung: Friedrich Pflüger
Illustrationen: © Gary Northfield
Umschlaggestaltung: init | Kommunikationsdesign, Bad Oeyenhausen,
unter Verwendung des Originalumschlags © Gary Northfield
MP · Herstellung: eS
Satz und Reproduktion: Uhl+Massopust, Aalen
Druck: GGP Media GmbH, Pößneck
ISBN 978-3-570-16490-7
Printed in Germany

www.cbj-verlag.de
Dieses Buch ist auch als E-Book erhältlich.

Inhalt

Du glaubst, du weißt Bescheid über

JULIUS ZEBRA?

Nun, da liegst du wohl

FALSCH!

WAS DU ÜBER JULIUS ZEBRA ZU WISSEN GLAUBST!
Schlaues Gnu
Baby-leicht!
Er ist ein Gladiatorenchampion!
ZEBRA! ZEBRA! ZEBRA!
Danke, Fans!
Er hat die Römer aus Britannien rausgeschmissen!
Auf Nimmerwiedersehen!
Kick!
Endlich mit seinem Bruder vereint!
Juhuu! Hosenzieher!
Hast mir so gefehlt, Brutus!
Ich hasse dich, echt.
Weiß ich doch alles.

Aber ich wette, du hast keinen Schimmer, was Julius inzwischen erlebt hat?!
Lass mal hören.
Hat geschworen, dass nirgendwo mehr Tiergladiatoren trainiert werden sollen!
Genau!
Schluss mit der Sklaverei!
Hat in ganz Europa Tiere aus den Arenen befreit!
He!
Hurra!
Lauft! Ihr seid frei!
Hätte beinahe Septimus erwischt, den römischen Tiertrainer!
Tschau, Loser!
Verflucht!
Man lernt doch immer wieder dazu!

Julius war nicht wie die anderen Zebras, und das wollte er auch beweisen!

Aufregend, was?

Kapitel eins

Narrenschiff

»JA«, schrie Cornelius, der sich auf Zehenspitzen an die glitschige Ruderpinne klammerte. »HALT BLOSS DEN GROSSEN HEBEL GERADE!«

Julius wischte sich den prasselnden Regen aus den Augen. »ABER WIR FAHREN BESTIMMT IM KREIS!«, rief er. »SCHAU LIEBER NOCH MAL IN DIE ANLEITUNG!«

Cornelius schnaubte, griff in den Beutel vor seinem Bauch und zog ein zerlumptes Pergament heraus. Der nasse Fetzen flatterte heftig im Wind, während er zu lesen versuchte.

»WIR MACHEN GENAU, WAS DASTEHT!«, rief Cornelius. »RUDER BEI SCHWEREM STURM GUT FESTHALTEN!«

Den Fetzen, den Cornelius stolz in die Höhe reckte, packte im selben Moment der Wind und schleuderte ihn ins Meer.

»Na großartig!«, stöhnte Julius.

»VERGESST SEPTIMUS! WIR SOLLTEN WENDEN!«, quiekte Cornelius. »SONST WIRD UNS DIESER STURM NOCH VERSCHLINGEN!«

Aber Julius wollte davon nichts wissen. »Warte hier!«, knurrte er mit zusammengebissenen Zähnen und hangelte sich an der Bordwand entlang. »HALT UNS AUF KURS, CORNELIUS! ICH HOLE HILFE!«

Eine riesige Welle brach sich über der Bordwand und Julius stolperte weiter Richtung Kapitänskajüte. Er schaffte es bis zur Luke, packte die rutschige Leiter und stieg vorsichtig in den dunklen, feuchten Bauch des Schiffes hinunter.

Im Halbdunkel schob er sich an Milus dem Löwen vorbei, der in einer zerschlissenen Hängematte lag. Auf seinem Bauch schlief selig die Maus Plinius, ihr Kampftrainer. Milus knurrte missmutig, weil Julius ihn geweckt hatte.

»Nein, sind wir nicht!«, schnauzte Julius. »Und wie's aussieht, werden wir's auch nicht schaffen.«

Julius mühte sich über einen Haufen durchweichter Kisten und Säcke zu seinen Gefährten, die gedrängt im Kreis saßen.

Juhuu! SUPER, dass wir dieses Brettspiel gefunden haben!
Brutus – Julius' eingebildeter, beknackter Bruder
Zack!
Felix – begriffsstutzige Antilope, großer Steinsammler
Uih! Jetzt hat er dich aber!

Hmm ...
Rufus – begeisterter Gladiator und Lucias Kumpel
Jetzt steckst du fest!
Lucia – Krokodil, vegetarische Wagenlenkerin, hat immer einen Plan auf Lager.

Alle schreckten hoch, außer seinem Bruder Brutus, der nicht einmal aufsah. »Jetzt hol erst mal Luft, Julius!«, knurrte er. »Das ist grad echt kniffelig hier!« Er scheuchte seinen Bruder mit dem Huf weg.

Rufus, Lucia und Felix sprangen entsetzt auf. »WAS?!«, schrien sie.

»Ich dachte schon, dass unser Schiff ein bisschen schwankt«, ächzte Felix. »War gar nicht so einfach, dem Spiel zu folgen!«

Bevor Julius antworten konnte, gab es einen großen KNALL und das Schiff bäumte sich unter einer anbrandenden Welle auf. Dann rollte es auf die Seite und alle wurden mitsamt der Fracht durch die Gegend geschleudert.

Das Schiff richtete sich schnell wieder auf, aber Julius wusste, dass jederzeit die nächste Welle kommen und den alten Kahn in Stücke hauen konnte. Er hastete die nasse Leiter hinauf. »LOS JETZT! WIR MÜSSEN DAS SCHIFF HEIL DURCH DEN STURM BRINGEN!«

Plötzlich fing Lucia an zu schreien: »DA IST EIN LECK! WIR HABEN EIN LECK!« Entgeistert zeigte sie auf eine Stelle, wo eine Menge Wasser hereinschoss.

»DU, RUFUS UND MILUS, IHR VERSTOPFT DAS LECK!«, befahl Julius. »DIE ANDEREN KOMMEN MIT MIR!«

Julius krabbelte aus der Luke und lief sofort zu Cornelius, der sich noch immer mit dem großen Ruder abmühte.

Lucia und Julius warfen sich auf die Pinne und hielten sie fest, so gut es ging. »SCHNAPPT EUCH DAS ANDERE RUDER UND HALTET ES FEST!«, schrie Julius Felix und Brutus zu, die auf die andere Seite liefen und die zweite wild hin- und herschlagende Ruderpinne packten.

Aus pechschwarzen Wolken peitschte der Regen herunter. Das Meer sah aus wie eine schroffe Bergkette, die sich bis zum Himmel auftürmte und dann wieder tosend in den Abgrund stürzte.

Heulend fuhr der Wind durchs Segel und das Schiff bekam immer wieder bedenklich Schlagseite.

»ABER WIE?!«, schrie Julius.

In diesem Moment wurde das Schiff auf einen Wellenberg emporgehoben und von einer gewaltigen Böe gepackt. Das Segel blähte sich zum Zerreißen, dann KRACHTE es laut.

»PASS AUF!«, schrie Brutus, als die dicken Taue, mit denen das Segel am Schiff befestigt war, rissen, als wären es brüchige Wäscheleinen.

Dann brach mit furchterregendem KRACHEN der Mast und verschwand mitsamt dem Segel in den tobenden Sturmwolken.

In diesem Moment wurde Cornelius, der über Julius' Schulter blickte, kreidebleich. »Ich ... ich glaube, unsere Probleme gehen jetzt erst RICHTIG LOS!«, quiekte er und zeigte nach oben.

Hinter Julius bäumte sich eine ungeheure Wasserwand auf, die schon den halben Himmel verdeckte.

»K...kannst du schwimmen, Julius?«, stotterte Cornelius.

»Das wird sich gleich zeigen!«, keuchte er. Dann hielt Julius die Luft an, kniff die Augen zu und klammerte sich verzweifelt an der Ruderpinne fest.

Kapitel zwei

Jammerndes Strandgut

Julius wachte auf, als jemand seinen Namen rief. Er blinzelte und sah ein vertrautes Gesicht vor sich.

Julius stöhnte. Seine Rippen schmerzten mindestens so sehr wie sein Kopf. Kaltes Wasser umspülte seine Beine. Dann hörte er, dass andere seinen Namen riefen und Hufe durchs Wasser platschten.

Die Sonne blendete, aber Julius öffnete die Augen ein kleines bisschen weiter.

Julius stemmte sich langsam hoch und verzog vor Schmerz das Gesicht. »Wo … wo sind wir?«, murmelte er. Er blickte sich am Strand um und schützte dabei die Augen mit dem Huf vor der Sonne. Der goldene Sand war übersät mit zerbrochenen Kisten, geborstenen Krügen, verdrehten Tauen und Hunderten von Holzstücken in allen Formen und Größen. Noch mehr Trümmer dümpelten träge im Wasser. Seine Freunde Brutus, Plinius und Milus stöberten im Strandgut.

»Wir sind am Leben!«, keuchte Julius. »Irgendwie haben wir es geschafft!«

»War ja ein Mordssturm«, sagte Cornelius munter. »Und die Götter müssen mit uns gewesen sein, weil wir zum Glück in Ufernähe waren, als er aufkam!«

Schließlich stand Julius auf, reckte seinen Rücken und sah sich noch einmal am Strand um. Er atmete tief ein und die heiße Luft brannte in seinen Nüstern.

»Mann!«, rief er aus. »DEN Geruch hatte ich SEHR lange nicht in der Nase!« Er kniete sich hin, schnüffelte an einem Felsblock und schnaubte laut vor Freude.

Dann rupfte er mit dem Huf ein dickes Büschel Kräuter aus und steckte die Schnauze tief hinein.

»Kann das überhaupt sein: Sind wir zu Hause?«

»Das ist eine sehr gute Frage!«, erwiderte Cornelius. »Wir haben auch schon heftig darüber diskutiert. Ich bin mir ziemlich sicher, dass wir in Afrika sind!«

Er huschte in Richtung einiger großer Sanddünen davon. »Komm mit!«

»Wo willst du hin?«, fragte Julius, der sich auf den schmerzenden Beinen kaum aufrecht halten konnte.

»Lucia will dir was zeigen!«, erklärte das Warzenschwein.

Krokodile! Hunderte!

»Julius!«, schrie Lucia. Sie sauste zu ihrem alten Freund und schloss ihn stürmisch in die Arme. »Wir hatten schon gedacht, du wärst verloren!«

»Wir können wieder HEIM!«, sang sie vergnügt.

»Wie kannst du dir so sicher sein?«, rief Julius aus.

»Nun, sonst wären hier doch nicht so viele Krokodile, oder?«

Milus schlenderte zu Julius hinüber und klopfte ihm auf den Rücken. »Also, Esel, es war ja großartig, mit 'nem Zebra und 'ner Antilope abzuhängen, aber jetzt wird's für Zeit für mich zu verschwinden«, knurrte er.

»Aber du kannst uns doch jetzt nicht verlassen, Milus!«, flehte Julius.

»Wir wollen doch Septimus finden und dafür sorgen, dass er keine Tiere mehr trainiert!«

»Wenn du glaubst, dass Septimus den Sturm überlebt hat«, sagte Milus im Gehen, »dann bist du noch dümmer, als du aussiehst!«

»Und das bedeutet, dass wir wieder unser normales Leben aufnehmen können«, antwortete Milus. »Servus.«

Julius rief zu der Maus Plinius hinüber, die im Treibgut des Wracks herumhüpfte: »PLINIUS! KANNST DU MAL WAS SAGEN?«

Plinius riss verzweifelt die Pfötchen hoch: »Als ob ich das nicht versucht hätte«, piepste er, »aber bei dem ist ja nichts zu machen!«

»Wisst ihr«, seufzte Julius. »Er hat mich zwar immer einen Esel genannt, aber ich glaube, der alte Griesgram wird mir trotzdem fehlen.«

»Sehr schön, Brutus! Aber das hilft uns nicht, Septimus zu finden.«

Lucia tätschelte Julius die Schulter. »Vergiss Septimus«, sagte sie freundlich. »Milus hat recht: Er ist entweder verschollen oder hat irgendwo Schiffbruch erlitten.« Sie lächelte breit. »Wir sind jetzt endlich FREI und können tun, was wir wollen!«

»Komm schon, Debra«, piepste Plinius. »Wir können chillaxen und uns mal die Gegend hier ansehen!« Er sauste im Sand herum, fuchtelte mit den Armen und schlug eine Reihe von Rädern.

Felix lief über den Strand. »Mach dir nichts draus, Julius!«, rief er. »Ich bleibe – wo ich hier so viele tolle Steine sammeln kann!«

»Ja, da hast du recht«, lachte Julius. »Wenn ich's mir recht überlege, bin ich ganz froh, dass Milus verduftet ist. Wenn ich den nie wiedersehe, fehlt mir auch nix!«

Dann muss ich dich leider entTäuschen.
MILUS!

Kapitel drei

Der Erwählte

»ALLE AUF DIE KNIE!«, befahl einer der Soldaten. Er stieß Milus mit dem Heft seines Speers in den Sand.

Der Soldat, der offensichtlich das Kommando führte, trat vor und musterte die seltsamen Tiere, wobei seine rot und weiß gestreifte Kopfbedeckung im Wind flatterte. Er stupste Julius mit dem Speer an.

»Wer seid ihr, dass ihr UNGEBETEN in unser Land eindringt?«, bellte er.

Ein Soldat rief von hinten: »Und unseren Strand habt ihr auch versaut!« Die anderen Soldaten nickten und grummelten zustimmend.

Der Kommandant kam ganz dicht an Julius heran. »Genau«, krächzte er. »Und unseren schönen Strand habt ihr auch völlig versaut.«

»Das mit eurem Strand tut uns leid«, sagte Julius, »aber wir sind nur zufällig hier. Wir haben einen SCHIFFBRUCH überlebt!«

»PAH!«, schnaubte der Kommandant und zwang Julius auf den Boden. »Das kann jeder sagen! Ihr seid SPIONE, und hier in Ägypten werden alle Spione GETÖTET!«

Cornelius schlug sich an die Stirn. »ÄGYPTEN! Natürlich! Wusste ich's doch!«

»Wusstest du nicht!«, erwiderte Julius mürrisch. »Du hast *Afrika* gesagt!«

»Ägypten liegt aber in Afrika!«, belehrte ihn Cornelius. »Du siehst, ich hatte DOCH recht!«

»Ich stimme Julius zu«, warf Felix ein. »Wenn du einen ganzen Kontinent nennst, gilt das nicht. Das ist gemogelt!«

»Und es war eben DOCH ein Wettbewerb!«, sagte Felix gekränkt. »Ich selbst sagte, wir sind in Griechenland, und Rufus meinte, wir seien in Karthago. ALLE haben mitgemacht!«

»Aber wenn es ein Wettbewerb war«, entgegnete Cornelius, »was ist dann der Hauptgewinn, hmm?«

Felix blickte verdutzt drein. »Äh… ein Seestern?«

»Das hast du dir gerade ausgedacht«, protestierte Cornelius.

»Ich weiß nicht, wo ihr Spione herkommt«, donnerte der Kommandant, »aber es muss ein Land voller IDIOTEN sein!!!«

»In Wirklichkeit, Herr Soldat«, sagte Julius, »sind wir keine Idioten aus Idiotenland; wir sind GLADIATOREN, FLÜCHTLINGE aus ROM!«

Dem Soldaten stockte der Atem.

»Genau, und mit IHM hier solltet ihr euch besser nicht anlegen«, fügte Cornelius an und zeigte auf Julius. »Er ist ihr weltberühmter CHAMPION!«

Der Kommandant wischte sich Tränen aus den Augen. »Das ist der beste Witz, den ich je gehört habe, du Bestie. Es wird mir SEHR leid tun, wenn wir euch töten müssen.«

Julius schnappte sich geschwind zwei Stöcke und nahm Kampfhaltung ein.

Der Kommandant wich entsetzt und mit weit aufgerissenen Augen zurück.

»Gut gemacht!«, flüsterte Cornelius. »Denen hast du's aber gezeigt!«

Der Kommandant schüttelte ungläubig den Kopf. »Nein, nein! Seid nicht ALBERN! Er kann doch unmöglich ...«

Er brachte den Satz nicht zu Ende; stattdessen kniff er die Augen zusammen und stieß mit dem Speer nach dem Zebra. »Für ein Pferd bist du entweder sehr mutig oder sehr, sehr dumm«, blaffte er.

»Jetzt fang DU nicht auch noch an! Ich bin kein Pferd; ich bin ein ...« Plötzlich bemerkte Julius, wie der Boden unter ihm bebte. Verblüfft drehte er sich um.

Julius winkte ab. »Nein, alles bestens, danke«, sagte er dankbar. »Ich hab die Sache im Griff!«

Die Krokodile verbeugten sich höflich und traten wie gewünscht ein paar Schritte zurück.

Die Soldaten waren entgeistert. »Wer bist du, dass du in unser Land eindringst, die Symbole unserer längst vergangenen Pharaonen trägst und über die Krokodile gebietest?«, schrie einer.

»Seht mal«, sagte Julius und hob die Arme. »Ich will doch nur, dass sich hier alle wieder ein bisschen entspannen!«

Wie auf Kommando ballten sich über ihnen dunkle Wolken zusammen, es donnerte und der Himmel öffnete seine Schleusen.

DU LÄSST ES REGNEN!

»Oh, das kann er prima!«, lachte Felix. »Ihr hättet ihn mal in Britannien sehen sollen. Überall wo er hinkam, hat's geschüttet!«

Die Soldaten warfen sich vor Julius auf den Boden. »Dann ist es, wie wir dachten! Du bist der Glücksbringer; du bist DER ERWÄHLTE, der zurückgekehrt ist!«

»Auch DAS noch!«, spottete Milus und bog sich vor Lachen.

»Ich verstehe das nicht«, sagte Cornelius. »Warum glaubt ihr, dass ER der Erwählte ist?«

»Weil er den REGEN bringt!«, rief einer der Soldaten.

»Aber bei dem Sturm letzte Nacht muss es doch auch hier stark geregnet haben, oder?« Cornelius war ziemlich verwirrt.

Der Soldat schüttelte den Kopf. »Der Sturm auf dem Meer kam nicht bis zur Küste. Unsere Ernte verdorrt, aber HETER hat uns neue HOFFNUNG gebracht! Er hat unsere Gebete erhört!«

Julius' Verblüffung wurde noch größer. »HETER? Wer ist HETER?«

»Hat… hat er mich gerade Pferd genannt?«, murrte Julius verärgert. »Ich bin überhaupt nicht wie ein Pferd!«

Der Kommandant wandte sich an einen seiner Soldaten. »Eile nach Alexandria. Sie sollen mit den Vorbereitungen beginnen!«

Kapitel vier

Heldenverehrung

»Komm!« Der Kommandant winkte Julius heran. »Wir müssen rasch nach Alexandria, unserer herrlichen Stadt. Als wiedererstandener Gott werden dich unsere Priester bestimmt zum PHARAO ausrufen!«

Ungläubig meinte Julius zu Cornelius: »Aber sind Pharaonen nicht KÖNIGE?«

Cornelius war ebenso verwirrt wie Julius. »Waren sie jedenfalls, als ich das letzte Mal nachgesehen habe«, sagte er.

»Weißt du, die Ägypter verehren ihre Tiere, und viele gelten tatsächlich als Götter, genau wie die Pharaonen!«

Der kleine Plinius kam herbeigelaufen. »Was soll denn das ganze Theater hier?«, fragte er.

»Und nicht nur DAS«, warf Cornelius ein. »Sie wollen ihn auch zum PHARAO machen!«

Plinius fiel vor Schreck fast in Ohnmacht. »War ja klar, dass dir das ganze *Champion*-Gedöns irgendwann zu Kopf steigen würde!«, quiekte er.

»Wisst ihr, was?«, sagte Julius. »Vielleicht hätte uns gar nichts BESSERES passieren können!«

Cornelius sah skeptisch aus. »Wie meinst du das?!«

»Na, überlegt doch mal«, erklärte Julius. »Zum einen wollen sie uns jetzt nicht mehr töten. Und zum anderen haben wir nach all dem Blödsinn, den wir durchgemacht haben, endlich mal ein bisschen Spaß und Luxus verdient!«

Julius tippte dem ägyptischen Kommandanten auf die Schulter. »Entschuldige bitte, gibt's da auch Paläste und Gold und solches Zeugs?«

»Natürlich!«, antwortete der Kommandant. »Du wirst der Herrscher von Ägypten sein; du wirst bekommen, was immer du willst!«

Julius drehte sich zu seinen Kumpels um. »Seht ihr? Wir werden in Palästen wohnen, mit allem Drum und Dran!«

WIR GEHEN IN DIE FERIEN!

WIR GEHEN IN DIE FERIEN!
Ich halt's nicht aus!

Plötzlich wurde Julius von Milus gepackt. »Wenn du glaubst, es macht SPASS, ein Land zu regieren, dann mach dich mal auf eine Überraschung gefasst, Esel!«

Julius schob den Löwen weg. »Alles musst du einem verderben, du alter Muffkopf.«

»Außerdem halten sie dich für ein PFERD!«, knurrte Milus.

Bevor Julius etwas antworten konnte, gab ihnen der ägyptische Kommandant ein Zeichen. »Kommt! Wir müssen jetzt los«, befahl er. »Die Kunde von unserer Ankunft hat sich schon verbreitet, und die Leute am Nil sind überglücklich, dass du sie und ihre Ernte retten wirst!«

Der Kommandant hatte recht. Entlang der Straße standen schon zahlreiche Bauern und Fischer, um die Ankunft ihres neuen Pferdegottes mitzuerleben.

Julius ging der eifrigen Menge entgegen und winkte ihnen huldvoll zu. »Hör auf, dir Gedanken zu machen, Milus. Wir amüsieren uns einfach mal ein bisschen.«

Da erklang plötzlich ein schriller Schrei vom Ufer her: »Hehe!« Alle schauten hinüber, wer da so einen Aufstand machte.

»Alle hier halten Julius für ein magisches Pferd, und sie wollen ihn zum König von Ägypten machen!«, antwortete Felix vergnügt.

»Wirklich?!« Brutus war begeistert. »Mann! Das ist ja der Brüller!« Er lief zu Julius und den Soldaten. »He! Ich bin auch ein magisches Pferd! Kann ich auch König werden? Immerhin habe ich eine Seetangperücke ...«

Julius und einer der Soldaten drehten sich zu Brutus um.

»Und?«, fragte Brutus gekränkt und schob sich die Seetangfäden aus den Augen.

Der Soldat riss Brutus den Seetang vom Kopf und hielt ihn angewidert in die Höhe.

»Tut mir leid!«, sagte Julius achselzuckend. »Es liegt nicht in meinen Hufen. Aber du kannst bestimmt Spaß mit uns haben in meinem Palast!«

Der Soldat warf die Perücke weg und führte Julius zurück zur Straße.

Brutus lief dem Seetangbündel hastig hinterher, hob es auf und schüttelte den Sand ab. Sein Bruder verschwand schon in der Ferne. »He, wartet!«, schrie er und setzte sich die Perücke wieder auf.

VERGESST
MICH NICHT!!

Kapitel fünf

Nicht ganz geheuer

Die Menschenmenge an der Straße nach Alexandria wurde immer dichter, weil sich die Kunde von Julius' Wundertaten immer weiter verbreitete.

Als Julius und seine Freunde durch ein kleines Fischerdorf geführt wurden, kamen zahllose jubelnde Menschen aus seltsamen würfelförmigen Häusern gelaufen. Julius sah Kinder, alle Arten von Händlern und dazu Frauen, die auf den Köpfen schwere Krüge trugen. Alle schienen ihm zu huldigen!

Julius genoss die Aufmerksamkeit immer mehr!

Aber Cornelius machte sich langsam Sorgen. »Julius!«, flüsterte er. »Vielleicht hat Milus recht. Was passiert, wenn sie merken, dass du gar kein Pferd bist? Sie könnten dich umbringen, oder NOCH SCHLIMMERES!«

»Wir werden uns ein bisschen vergnügen und uns die Bäuche mit feinen Sachen vollschlagen; und wenn wir genug haben, laufen wir einfach weg, wenn nachts keiner guckt.«

Sie marschierten weiter, als vor ihnen plötzlich große Aufregung entstand und die Leute im Chor »Heter!« riefen. Dann jubelte plötzlich alles laut »Jippie!« und Juhuu!«.

»Wartet mal … was ist da los?«, fragte Julius. Ein kleiner Mann hüpfte überglücklich in der Menge herum.

»Seht! Da ist jemand sehr glücklich!«, kicherte Felix.

Der alte Mann zeigte auf Julius. »Und das verdanke ich einzig und allein HETER!«

Wieder brauste Jubel auf und alle riefen im Chor Heters Namen.

Felix und Rufus schlugen begeistert die Hufe aneinander. »Gut gemacht, Heter!«, riefen sie beeindruckt.

»Allmählich fange ich auch an, an dich zu glauben!«, lachte Felix und stieß Julius in die Rippen. »Du hast wirklich ERSTAUNLICHE magische Kräfte!« Dann flüsterte er Julius ins Ohr:

Julius zeigte auf einen großen Stein direkt vor ihnen. »Was soll das, du Spinner? Hier in Ägypten liegen doch ÜBERALL Steine herum!«

Felix hielt den langweiligen braunen Stein wie den größten Schatz in die Höhe. »SEHT DOCH! HETER HAT EINEN WUNDERSCHÖNEN STEIN FÜR MEINE SAMMLUNG GEFUNDEN!«

Alle staunten über dieses Wunder und ließen Heter aufs Neue hochleben.

Lucia hüpfte im Takt der Sprechchöre mit. »Du hast recht, Julius, das ist wirklich ein MORDSSPASS!«

»Genau, Julius«, pflichtete Rufus bei. »Obwohl ich immer noch nicht kapiere, wie du das mit dem Regen hingekriegt hast. Das war WIRKLICH schräg!«

»Mein Bruder war schon IMMER schräg!«, kicherte Brutus, der auch im Takt mithüpfte.

»Offensichtlich verfüge ich über bislang ungeahnte erstaunliche Fähigkeiten!«, gluckste Julius. »Aber es steht mir nicht zu, meine göttlichen Fähigkeiten anzuzweifeln!« Er zeigte mit dem Huf auf Brutus. »Kannst du nicht was gegen den Seetang auf deinem Kopf unternehmen? Er STINKT!«

Milus drehte sich um und fauchte Julius an: »Nur zu, wenn du hier den Gott spielen willst. Aber lass mich gehen!«

Plinius hüpfte Milus auf die Schulter und fing an, ihn kräftig zu massieren. »Komm schon, Griesgram, wenn hier jemand Entspannung nötig hat, dann DU!«

Julius legte den Arm um Milus. »Komm schon, alter Brummbär. Du kannst JEDERZEIT nach Hause! Aber lass uns das hier doch ein paar Tage genießen!«

Milus blickte in die ganzen freundlich lächelnden Gesichter und seufzte tief. »Okaay …«

Plinius sprang von seiner Schulter herunter. »Juchhe! Wusste ich's doch, dass wir dich rumkriegen!«

Der Kommandant winkte die Prozession weiter. »Wir müssen zügig marschieren, wenn wir Alexandria vor Sonnenuntergang erreichen wollen!«, drängte er . »Lasst uns gehen.«

Julius schlug die Hufe zusammen, bis ihn alle anschauten. »Hört mal alle her!«, rief er. »Ich glaube, heute ist der SCHÖNSTE Tag meines Lebens!«

Julius räusperte sich und begann, das Lieblingslied seiner alten Zebraherde zu schmettern: »VON DEN BLAU-EN BERGEN KOMMEN WIR!« Er wedelte mit den Hufen zum Zeichen, dass alle mit einstimmen sollten.

»GROSSARTIG!«, rief Julius, und der Zug setzte sich unter fröhlichem Gesang in Richtung Alexandria in Marsch.

Kapitel sechs

Ein herzlicher Empfang

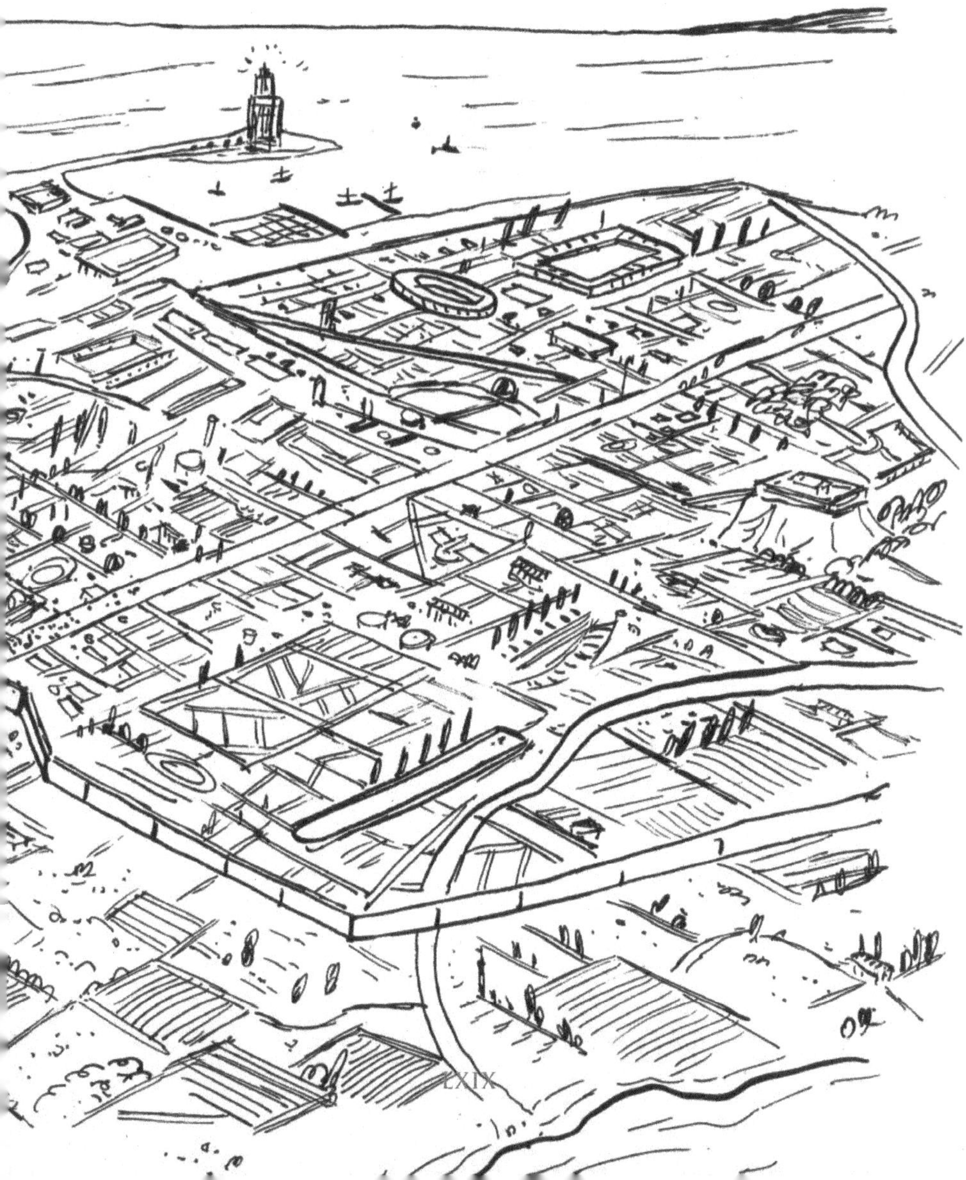

Wow, dachte Julius, *die Stadt kann es sogar mit ROM aufnehmen!*

Auf dem Weg nach Alexandria kamen sie an gepflegten Feldern, schönen Tempeln und Villen vorbei. Immer mehr Menschen säumten die Straßen, um ihren neuen Götzen zu begrüßen.

Und als sich die großen hölzernen Stadttore öffneten, fielen Julius fast die Augen aus dem Kopf, denn Tausende brachen in Jubel aus und riefen den Namen des Gottes Heter!

Die Menge teilte sich und eine hundert Meter breite Prachtstraße kam in Sicht. So etwas hatte Julius noch nie gesehen!

Julius bestaunte die riesigen schimmernden Tempel und prächtigen Statuen, die bis in die Ferne die Straße säumten. Überall ragten gewaltige, mit bunten Figuren bemalte Säulen auf.

»Das sind Hieroglyphen!«, erklärte ihm Cornelius. »Die Ägypter benutzen kleine Bilder statt Buchstaben, um Geschichten aufzuschreiben.«

»Wow!«, staunte Julius und betrachtete die kleinen Reliefbilder. »Hier hat's Blümchens!«

Dann entdeckte er hinter den Säulen und Tempeln einen RIESIGEN TURM am Hafen.

»DAS da«, antwortete der Kommandant stolz, »ist unser großer Leuchtturm Pharos. Er ist eines der Weltwunder!«

Cornelius, der ebenfalls Interessantes loswerden wollte, schaltete sich ein. »Genau«, sagte er. »Am Tag reflektiert er mit einem Spiegel die Sonnenstrahlen und bei Nacht wird dort oben ein Feuer entzündet.«

»Weißt du«, antwortete Cornelius bescheiden, »Ich hab das eine oder andere Pergament gelesen.«

Der Kommandant lachte. »Das eine oder andere Pergament? Dann, mein kleiner Freund, wird dir unsere Bibliothek gefallen!«

»Das stimmt«, sagte der Kommandant. »Julius Caesar hat vor vielen Jahren versucht, sie zu zerstören.« Er ließ den Zug anhalten und reckte den Arm nach links.

ABER WIE IHR SEHT - ER HAT VERSAGT!

Julius kam nicht ganz mit. »Wovon redet ihr da eigentlich? Zuerst ein Leuchtturm und jetzt ein Bibi-Steg?«

Cornelius hüpfte vor Freude herum. »Eine Bibliothek Julius, eine BIBLIOTHEK! Die größte Bibliothek, die es JE auf der Welt gegeben hat!« Er lachte. »Das Wissen der ganzen Welt aus Jahrhunderten, hier versammelt auf Schriftrollen und Pergament, die jeder lesen kann.«

Julius schaute interessiert. »Wie, etwa auch über Zebras und Gras und solche Sachen?«

Cornelius grinste von einem Ohr bis zum anderen. »Ganz genau! Sogar über Zebras und Gras!«

Felix schlenderte herüber und stemmte die Hufe in die Seiten. »Du willst also behaupten«, bemerkte die Antilope fasziniert, »hier drin ist irgendwo eine Schriftrolle über alle Steine, die es je auf der Erde gegeben hat?«

Cornelius lachte noch einmal. »ÜBER JEDEN STEIN, AUF HUNDERTEN VON SCHRIFTROLLEN!«

»Aber zuerst müssen wir uns mit den Priestern treffen«, sagte der Kommandant. »Wenn euer Freund erst zum Pharao gekrönt ist, dann kannst du die Bibliothek besuchen, wann immer du willst!«

Die Prozession bog von der großen in eine schmalere, kaum weniger prächtige Straße ab. Sie wurde von mächtigen Statuen mit fantastisch aussehenden Tieren gesäumt. Überall standen Menschen, die ihren neuen Gott mit eigenen Augen sehen wollten.

Der Kommandant musste lachen. »Das sind deine Götterkollegen. Ist vielleicht nicht so klug, sich über sie lustig zu machen!« Dann riss er den Arm in die Höhe und der Zug kam unvermittelt zum Stehen.

»He, warum halten wir an?«, fragte Julius.

»Weil wir DA sind!«, rief der Kommandant aus.

»Wo ist *da*?«

»Hoffen wir, dass er nicht GAR ZU wachsam ist«, knurrte Milus leise.

Kapitel sieben

Das Orakel

Julius konnte am oberen Ende der Treppe zum Tempel einen kleinen kahlköpfigen Mann in einem weißen Faltenrock erkennen. Die Sonne spiegelte sich auf dessen Kopf, als er das Zebra zu sich heraufwinkte.

»Aber kommst du denn nicht mit?«, fragte Julius nervös.

Der Kommandant schüttelte den Kopf. »Nur Priester und Götter dürfen den Tempel betreten.«

»Ach so«, sagte Julius betreten und machte sich an den Aufstieg. »Nur ich, na dann ...«

Cornelius hastete seinem Freund hinterher. »Warte, ich lasse dich nicht allein gehen!«, rief er.

»HALT!«, bellte der Kommandant. »ES IST NUR GÖTTERN GESTATTET!«

Felix wandte sich um und rief: »ABER WIR SIND TIERE! IHR ÄGYPTER VEREHRT UNS DOCH, ODER?«

Damit jagten sie alle hinter Cornelius und Julius die Treppen hinauf und ließen den Kommandanten zurück.

»Pass auf, Julius!«, warnte Cornelius. »Er wird versuchen, SICH als der Pferdegott auszugeben!«

»Dieser Idiot darf Ägypten auf keinen Fall regieren! Schnell!« Und Julius sprintete seinem Bruder hinterher.

Brutus lief weit voraus. »Mich kriegst du nicht!«, lachte er und hüpfte lässig die letzten Stufen hinauf.

Julius holte tief Luft, schnaubte durch seine Nüstern und flog mit einer gewaltigen Kraftanstrengung die letzten Marmorstufen hinauf.

»Bleib sofort stehen, Mistkerl!«, donnerte Julius, schnellte nach vorn und stürzte sich auf Brutus.

»Au! PASS DOCH AUF!«, schrie Brutus, als er zu Boden krachte. »Ich habe doch nur Spaß gemacht!«

Julius sprang sofort auf die Hufe und salutierte vor dem Priester: »Heter, Gott des raschen Regens und der magischen Münzen, zu Diensten!«

Der Priester war nicht beeindruckt.

Auch Brutus rappelte sich auf, rückte seine stinkende Seetangperücke zurecht, packte die Hand des Priesters und schüttelte sie kräftig. »Und ich bin Brutus, der Bruder von Julius, ich meine HETER!«

»Nimm deinen schmutzigen Huf von mir, du stinkendes BIEST!«

Brutus schielte verwirrt zu Julius hinüber. »He, hast du nicht gesagt, sie mögen Tiere?«

Cornelius und die anderen tauchten nun auch am Ende der Treppe auf. »Und, alles in Ordnung?«, keuchte Cornelius.

»Oh, einfach glänzend«, antwortete Julius und seufzte.

Cornelius stieß Julius in die Rippen. »Schnell! Halt noch mal die gleiche Rede wie heute Morgen vor den Soldaten am Strand!«

Julius stand einen Augenblick unschlüssig da, aber dann begriff er, was Cornelius meinte.

»Na klar!«, sagte er. »Da hat es ja auch funktioniert!« Er stellte sich dramatisch in Pose. »Äh, wie war das noch mal? Ob ich das noch mal zusammenbringe …« Dann räusperte er sich.

Julius rieb sich das Kinn und dachte angestrengt nach. »Nein, warte«, sagte er und hob den Huf hoch. »Das klingt nicht richtig. Aber so ähnlich muss es gewesen sein!« Er kicherte.

»Du bekommst KEINE Krone, du Idiot!«, schrie der Priester. »Und wir schätzen jene überhaupt nicht, die nach Ruhm und Reichtum streben und UNBERECHTIGTERWEISE nach der Krone greifen!«

»Hab ich's dir nicht gesagt?«, murmelte Milus.

In diesem Moment war im Hof hinter ihnen eine Stimme zu hören. »Trete zur Seite, Askepsis«, röchelte die Stimme. »Lass die Kreatur herein!«

Der Priester war völlig überrascht. »Aber, Eure Heiligkeit, dieser Narr kann doch unmöglich …«

Widerwillig trat der Priester zur Seite und winkte Julius weiter. »Bitte«, zischte er. »Das Orakel in seiner unendlichen Weisheit wünscht, mit dir zu sprechen.«

Julius drehte sich zu seinen Freunden um und zuckte die Achseln. Als er zwischen den Säulen hindurchging, machten Cornelius und die anderen Anstalten, ihm zu folgen, aber der Priester versperrte ihnen mit seinem Stab den Weg. »Ihr nicht!«, sagte er streng.

Julius trat allein in einen großen Hof. Zu seiner Linken stand ein eindrucksvoller Tempel, der mit seinem dreieckigen Dach und den vielen Säulen all den römischen Tempeln ähnelte, die er auf seinen Reisen gesehen hatte.

Julius war gar nicht wohl zumute, als er sich dem Tempel näherte. Die gruselige, eisige Stimme behagte ihm überhaupt nicht, und am liebsten wäre er weggelaufen.

»Hab keine Angst, junges Zebra«, sagte die Stimme.

Julius war entsetzt. »Aber woher weißt du, dass ich ein Zebra bin?«

Im Halbdunkel des Tempels konnte Julius eine kleine Gestalt ausmachen.

»Als ich hörte, ein Pferd würde sich dreist als *Champion von Rom* und *Befreier der versklavten Tiere* aufspielen, nun …«, die Stimme kicherte, »da gab es nur ein einziges Wesen im ganzen Römischen Reich, auf das DIESE Beschreibung passte!«

»Tritt näher, junger Gladiator.« Die Gestalt im Schatten winkte Julius in den Tempel herein. »Ich bin das Orakel. Ich sehe Dinge, die kein anderer Mensch und kein Tier sieht.«

Julius schob sich ängstlich ins Dunkel. »Hast du magische Augen oder so was?«, fragte er.

Die Gestalt lachte. »Ja, etwas in der Art.« Sie kam herangeschlurft und betrachtete Julius von oben bis unten. »Ich stamme aus einer langen Reihe von Orakeln. Wir sehen in die Zukunft und auch in die Vergangenheit.«

»Auch um die Ecke?«

Die Gestalt im Halbdunkel überhörte die Frage. »Mein Ur-Ur-Ur-Urgroßvater ist vor vielen, vielen Jahren in der Wüste, viele Meilen von hier, einem Soldaten namens Alexander begegnet. Er erkannte ihn als GROSSEN Mann, der die verfeindeten Stämme und Reiche vereinen konnte. Bald eroberte dieser Mann Ägypten und zahllose andere Länder, und seine Kinder und Kindeskinder haben dieses Land über Jahrhunderte regiert.«

Der Mann zog ein Stück Pergament aus seinem Umhang und hielt es Julius hin.

Jetzt ist es so weit!, dachte Julius. *Das Orakel hat mein Kommen vorhergesehen und ich werde PHARAO VON ÄGYPTEN!*

Das Orakel hüstelte nervös. »Junges Zebra, würdest du einem alten Mann eine Freude machen und ihm dein Autogramm geben?«

»Nur wenn's keine Umstände macht.« Er ging zu einem Schreibtisch voller Schriftstücke hinüber. »Ich habe eine ganz ansehnliche Sammlung.« Er hielt ein altes Pergament hoch. »Schau, Kleopatras Unterschrift! Schön, nicht wahr?« Er kramte in den Papieren. »Hier haben wir Theseus, diesen Griechen, der den Minotaurus besiegt hat. Echt netter Kerl.«

»Aber ich dachte, du würdest prüfen, ob ich es wert bin, Gott und Pharao zu sein? Und da fragst du nach einem Autogramm?«

Die Gestalt schlenderte wieder zu Julius zurück. »Große Güte! Ja doch, werde unser Pharao. Viel schlimmer als die Gauner, die uns jetzt regieren, kannst du auch nicht sein!« Er streckte ihm das Pergament erneut entgegen.

Kapitel acht

Römer raus!

Unter dem brausenden Jubel der Menge trat Julius aus dem Tempel. Der Priester stellte sich ihm in den Weg und besah ihn sich von oben bis unten. »Nun, was hat das Orakel gesagt?«

Julius schob ihn beiseite und wandte sich an die Menge.

Die Versammelten brüllten wieder vor Begeisterung und Cornelius ging zu Julius.

»Donnerwetter! Das hast du sehr gut gemacht, Julius!

Das ist GROSSARTIG! Du musst ihn wirklich beeindruckt haben. Nur sehr weise alte Männer dürfen Orakel werden.«

»Gute Arbeit, Julius!«, rief Felix. »Aber wo ist deine Krone?«

»Gut, dass du mich daran erinnerst!« Julius wandte sich an den Priester. »Und wo bleibt bitte meine Krone?«

Der Priester hatte Julius' vorige Faxen noch nicht vergessen und musste sich regelrecht zwingen, das Zebra anzusehen. »Geduld, *Euer Hoheit*«, knurrte er. »In drei Tagen wird man Euch krönen. Die Zeremonie wird in der alten Stadt Memphis im Schatten der großen Pyramiden vorbereitet werden.«

Cornelius konnte seine Aufregung kaum verbergen. »Sagtest du, DIE PYRAMIDEN?! WOW! Diese Reise wird ja immer besser!«

Julius hatte nichts kapiert. »Was ist so besonders an Piraten-Miesen? Die Meere sind voll davon!«

»Mann, die haben's aber mit ihren Wundern hier«, entgegnete Julius.

»Aber das sind die Wunder ALLER Wunder!«, rief Cornelius. »Dreieckige Grabmäler so hoch wie Berge, die fast den Himmel berühren, sagt man.« Er faltete selbstgefällig die Arme. »Die Gelehrten fragen sich bis heute, wie man sie gebaut hat. Jeder einzelne Steinblock wiegt eine Tonne!«

»Oh, da muss ich mir einen für meine Steinsammlung besorgen!«, schwärmte Felix. »Stellt euch mal so einen auf meinem Kaminsims vor!«

Plötzlich kam ein kleiner, dicker Mann in einer feinen Toga die Treppen heraufgekeucht.

»Nehmt euch besser in Acht«, warnte der Priester. »Da kommt der Präfekt Titus Flavius. Er ist der Mann aus Rom, der hier das Sagen hat!«

»Rom?«, fragte Julius verdutzt. »Was haben denn die hier verloren?«

»Ägypten ist eine römische Provinz, Julius!«, antwortete Cornelius. »Ihnen GEHÖRT Ägypten!«

»Sie randalieren nicht!«, protestierte Julius. »Sie jubeln mir zu! Ich bin der Erwählte. Der neue PHARAO!«

Flavius explodierte fast vor Wut. »PHARAO?!«, kreischte er, und sein Gesicht lief an wie eine Tomate. »Habt ihr den VERSTAND verloren? Unser großer Imperator HADRIAN regiert dieses Land. Niemand sonst!«

»Dann erkläre das mal DIESEN Leuten!«, sagte Julius und deutete auf die Menschenmenge.

Der römische Präfekt zuckte erschrocken zusammen. »Aber das ... das ist ja WAHNSINN!« Er starrte Julius an. »Wer bist du, dass du es WAGST, hier den Thron zu beanspruchen?«

»Ich bin HETER, der Pferdegott, Bringer von magischem Regen und Münzen«, erklärte Julius stolz. »Du kennst mich aber vielleicht auch als Julius Zebra, den Champion aus dem Kolosseum!«

Flavius stockte der Atem. Er beugte sich vor und kniff die Augen zusammen. »Das ist doch nicht möglich…?« Schon klatschte faules Obst auf die wunderschöne saubere Toga des Präfekten. »GÜTIGER HIMMEL!«, brüllte er, drohte der Menge mit der Faust und diese schrie dröhnend zurück. Aus Furcht vor ihrem Zorn huschte Flavius in Richtung Tempel davon. Auf der Schwelle drehte er sich noch einmal um und wagte einen letzten Ruf in Richtung der Menge.

Und dann verschwand er.

»Im Tempel wird er wohl nicht weit kommen«, bemerkte Julius. »Das ist doch der einzige Eingang, oder?«

»Nein«, antwortete der Priester.

»In der ganzen Stadt gibt es jede Menge Geheimgänge und Tunnels. Flavius wird leicht hinauskommen.«

Julius klatschte in die Hufe. »Heißt das, ich kann jetzt endlich Ägypten regieren?«

»Ich glaube schon«, erwiderte der Kommandant. »Aber wir sollten auf einen Besuch von Hadrian und seiner Armee gefasst sein. Jetzt, wo sich die Kunde über deine Ankunft verbreitet hat, wird er nicht mehr lange auf sich warten lassen.«

»Ach, mach dir keine Sorgen um ihn«, lachte Julius. »Aus Britannien habe ich ihn auch schon mit einem Fußtritt hinausbefördert!« Er wandte sich an den Priester, der mit gefalteten Armen in der Nähe stand und das Zebra mürrisch anstarrte. »Wir beide, wir sind doch quitt, oder?«

Der Priester verdrückte sich in Richtung Tempel.

»Was sollte denn DAS?«, fragte Julius besorgt.

»Ich habe dich gewarnt, Julius«, sagte Milus. »Manche in Ägypten sind nicht glücklich darüber, dass du einfach daherkommst und dir die Krone schnappst.«

Der Löwe ging die Stufen wieder hinunter. »Genieß das Ganze ein paar Tage, aber dann verschwinden wir von diesem verrückten Ort, bevor es zu spät ist.«

Julius schüttelte nur den Kopf. »Wie kann man nur so ein MIESEPETER sein!«

Kapitel neun

Badetag!

Julius planschte träge in der Milch in seiner Wanne und trank noch einen Schluck Traubensaft.

Von der anderen Seite des Raumes hörte man Felix zufrieden stöhnen.

Ein Ägypter, der wie ein Elefant gebaut war, massierte der Antilope, die ausgestreckt auf einem Marmortisch lag, die Schultern.

Julius lachte. »Bald fühlst du dich wie eine neue Antilope!« Er tauchte den Kopf in der Milch unter und stieg dann aus dem Bad. Der wartende Diener schlang sogleich ein Handtuch um das tropfnasse Zebra. »Und wie sieht's bei dir aus, Milus?«, rief er. »Hast du's immer noch eilig, nach Hause zu kommen?«

Cornelius kam vergnügt in den Raum getrottet. Kichernd meinte er zum Löwen: »Warum so wenig Respekt für Esel, Milus?«

»Wieso?«, fragte Milus und kniff die Augen zusammen. »Was schert dich das überhaupt?«

»Nun«, meinte das kleine Warzenschwein und grinste. »Die Milch, in der du sitzt, ist ESELSMILCH!

Cornelius wackelte zu Julius hinüber, der an seinen nassen Armen schnupperte. »Weißt du«, sagte er. »Man hat mir gesagt, Kleopatra habe auf dieses Zeug geschworen. Soll die Haut jung und schön aussehen lassen!«

Julius rieb sich nachdenklich das Kinn. »Vielleicht könnte ich ja Zebramilch bekommen?«

»Gut möglich«, entgegnete Cornelius. »Als Heter kannst du, wie ich das sehe, alles haben, was du begehrst.«

Julius wandte sich an einen kleinen Ägypter, der geduldig neben der Wanne saß. »SCHREIBER!«

Der Mann sprang sofort auf.

»Mache eine Notiz, dass ich Zebramilch einführen lassen möchte«, diktierte Julius gebieterisch.

»Ja, mein gnädiger Herr«, antwortete der Schreiber und kritzelte eilig auf sein Pergament.

Der kleine Mann eilte aus dem Raum.

Cornelius rückte näher an Julius heran und blickte sich um, ob jemand lauschte. »Julius, ich habe nachgedacht über das, was Milus gesagt hat, und mache mir Sorgen über das, was der Priester gestern angemerkt hat.« Er blickte sich noch einmal um. »Wenn sie herausfinden, dass du nicht bist, was sie glauben, dann schwebst du möglicherweise in großer Gefahr«, flüsterte er.

»Pah! Du machst dir zu viele Sorgen, Cornelius!«, sagte Julius. »Was willst du denn in der Bibliothek?«

»Ich möchte noch mehr über diese Prophezeiung des Erwählten lesen!«, antwortete Cornelius ängstlich.

»Was flüstert ihr beiden da?«, fragte Felix.

»Cornelius will in der Bibliothek noch mal über die Prophezeiung nachlesen!«, erklärte Julius ziemlich laut.

Lucia schwebte förmlich herein, gefolgt von Rufus, Proteus und Plinius. »Oh! Hat hier jemand etwa über Bibliotheken gesprochen?«, fragte sie.

»GROSSE GÜTE!!!«, rief Julius, dem die Augen fast aus dem Kopf fielen. »WAS in aller Welt habt ihr da AN?!«

Wie findest du das?
Wir sollten uns doch passend kleiden, solange wir hier sind!
Ziemlich protzig, nicht?

»Ich möchte auch so abgefahrene Klamotten«, erklärte Julius. »Immerhin bin ICH der neue Pharao!«

»Ich auch!«, rief Felix. »Wo habt ihr das alles gefunden?«

»In der königlichen Kleiderkammer«, sagte Lucia. »Für dich finden wir bestimmt auch einen hübschen Rock mit passendem Kopfschmuck, Felix!«

Cornelius war am Rande der Verzweiflung. »Jungs, ernsthaft!«, schnaubte er. »Wir müssen jetzt sofort in die Bibliothek, bevor sie bei Sonnenuntergang schließt!«

»Also gut!«, meinte Julius leicht genervt. »Bevor du dir noch die Stoßzähne verzwirbelst …«

Kapitel zehn

Brennende Fragen

»Wartet auf mich!«, rief Julius, der sehr umständlich die Treppen hinaufstakste. »Mit diesem engen Rock kommt man kaum vom Fleck!«

Neben seiner schlecht sitzenden Kleidung hatte Julius auch mit all den begeisterten Leuten zu tun, die unbedingt ihren neuen Pharao anfassen wollten.

Brutus beschloss, seinem geplagten Bruder beizustehen. Unwirsch schob er die Schaulustigen beiseite. »Zurücktreten!«, befahl er. »Ich, Brutus, Bruder des Erwählten, befehle euch zurückzutreten!«

Ein kleiner Ägypterjunge fragte ehrfürchtig: »Oh, bist du der Bruder von Heter?«

»Ganz genau«, antwortete Brutus und gab sich majestätisch. »Wir sind total miteinander verwandt.«

»Dann musst du doch AUCH ein Gott sein!«

Brutus nickte entschieden. »Sollte man meinen, nicht wahr? Aber erzähl das mal dem PRIESTER!«

Julius packte Brutus und zog ihn weiter. »He, hör endlich damit auf!«, brummte Julius. »Warum kannst du das nicht sein lassen. Langsam wird's wirklich lästig!«

»Wenn du's aus heiterem Himmel regnen lässt und Münzen herbeizauberst«, erklärte Julius, »dann können wir deine magischen Fähigkeiten ja noch mal neu bewerten.«

Brutus blieb stinksauer vor der Treppe stehen, während Julius und die anderen zum Eingang der Bibliothek hinaufstiegen.

»NA, VIELLEICHT KANN ICH ES JA!«, schrie er. »SCHAUT MAL HER!«

Julius wandte sich um. Brutus hatte die Arme erhoben; sein Gesicht war vor lauter Konzentration ganz verkniffen.

»Was macht er da?«, fragte sich Felix.

Julius zuckte mit den Schultern. »Er will es regnen lassen, glaube ich.«

Brutus strengte sich beim Heraufbeschwören von Regen so an, dass sein Gesicht puterrot anlief. »Ich kann ihn schon spüren!«, keuchte er. »GANZ BESTIMMT habe ich auch magische Kräfte!«

Die Ägypter mussten schallend über Brutus lachen.

»Warum lachen alle?«, schrie er. »Ein Tropfen ist immerhin gekommen!«

»Versuch's weiter!«, kicherte Julius. »Vielleicht kriegst du dann einen kräftigen Guss hin!«

Julius raffte seinen Rock und sie eilten die letzten Stufen hinauf in den aus schimmerndem weißem Marmor erbauten Vorhof.

Dann erreichten sie endlich den Eingang zur Bibliothek, der von grimmig dreinblickenden Löwenstatuen mit gestreiftem ägyptischem Kopfschmuck bewacht wurde.

»Los, weiter!«, drängte Julius und lief in die Bibliothek. »Cornelius ist schon weitergerannt. Er muss dort drin sein!«

Milus hockte sich unter eine Löwenstatue. »Geht nur weiter. Ich bleibe hier.«

Oh, wow!

»Das Warzenschwein könnte ja überall sein!«, rief Julius. »Los, wir fragen den Kerl dort am Empfang.«

Julius schlenderte hinüber und räusperte sich leise, um den offenbar sehr beschäftigten Bibliothekar auf sich aufmerksam zu machen.

»Nun, erstens«, sagte Julius etwas verdutzt, weil er nicht erkannt wurde. »Ich bin euer neuer Pharao, rede mich also mit *Euer Majestät* an.«

Der Bibliothekar seufzte und verdrehte die Augen. »Ja, was ist… *Euer Majestät?*« Er neigte den Kopf.

»SCHON BESSER!«, lachte Julius und hielt den Huf zum Abklatschen in die Höhe.

Dort blieb sein Huf ein paar Sekunden lang, bis Julius bemerkte, dass die Geste nicht erwidert wurde. Er senkte den Huf und hüstelte wieder, diesmal nervöser. »Ähm«, stammelte er. »Du, äh… hast nicht zufällig ein kleines Warzenschwein hereinkommen sehen, oder?«

Der Bibliothekar hob die linke Augenbraue. »Falls Ihr das *Phacochoerus africanus* meint, dann ja; es lief in den Gang nach Westen.« Er deutete auf die Tür hinter Julius.

Lucia packte Julius am Arm und zog ihn fort. »Das ist ein vornehmes Wort für Warzenschwein!«, zischte sie.

»WIRKLICH?«, rief Julius. »Woher weißt du das?«

»Cornelius selbst hat sich so bezeichnet, und das mehr als einmal«, antwortete sie.

»Eine Schwäche für vornehme Ausdrücke hat er ja, unser Cornelius«, nickte Julius.

Sie gingen durch den hohen Torbogen in einen Raum, der vom Boden bis zur Decke mit Schriftrollen angefüllt war. An den Wänden zogen sich lauter V-förmige Regale entlang, alle nach Themengebieten geordnet. Ganz hinten in einer Gruppe von Gelehrten saß Cornelius inmitten ausgebreiteter Schriftrollen am Boden.

»Und was steht da?«, fragte Julius aufgeregt. »Komme ich auch drin vor?«

Cornelius drehte sich herum und packte die Rolle rasch zusammen. »SSCH!«, sagte er und legte seinen kleinen Huf an die Lippen. »Nein, Julius, da steht nichts von dir. Jedenfalls nicht direkt.«

Julius las aufmerksam in der Rolle und murmelte dabei vor sich hin. »Interessant, *seeehr* interessant«, sagte er und tippte sich nachdenklich ans Kinn.

Cornelius schnappte ihm die Rolle wieder weg. »Du hältst sie verkehrt herum, du Idiot!«

»Weiß ich doch!«, protestierte Julius. »Wir Pharaonen können in JEDER Richtung lesen!«

»Dann TU'S doch«, schnaubte Cornelius.

»Jetzt sei kein Spielverderber! Sag schon, was draufsteht.«

»Das sind alles Rollen über die Geschichte des ägyptischen Volkes, insbesondere über Prophezeiungen«, erklärte Cornelius.

Er entrollte die Schrift, die Julius zu lesen vorgegeben hatte und zeigte auf eine Textstelle. »Seht, hier geht es um die Rückkehr eines Erwählten, der das ägyptische Volk aus Not erretten und das Land wieder zu alter Herrlichkeit führen wird.«

Cornelius nickte. »Ja, das wurdest du. Na ja, genau genommen wurde *HETER* vorhergesagt.«

Cornelius packte Julius am Arm und zog ihn wieder herunter. »Still, ihr beiden! Macht jetzt keinen Unsinn!« Die anderen Gelehrten schauten empört herüber und schüttelten den Kopf.

Das kleine Warzenschwein fuhr fort: »Das ist aber noch nicht alles…«

Bevor Cornelius den Satz beenden konnte, kam Felix angesaust und griff sich einen Arm voll Schriftrollen.

»Aufgepasst!«, rief er und bewarf seine Freunde mit den Rollen.

»Ich protestiere!«, stammelte Cornelius. »Diese Schriftrollen sind BEDEUTENDE Überlieferungen und müssen mit GRÖSSTER SORGFALT behandelt werden!«

»Genau DAS hat der Bibliothekar auch gesagt«, meinte Felix. »Du solltest hier eine Arbeit annehmen, Cornelius!« Die Antilope öffnete eine der Schriftrollen. »Dieser Ort ist wirklich erstaunlich, seht mal!«

Plötzlich tauchten Brutus, Plinius und Rufus auf, jeder mit einer Schriftrolle unterm Arm.

»Hallöchen«, sagte Plinius. »Wie läuft's mit dem Lernen?« Die kleine Maus streckte ihre Schriftrolle vor. »Ich habe hier Bilder von Kampftechniken aus dem ganzen Reich. Muss ich alles lernen!«

»Eine Technik habe ich schon drauf«, quiekte Plinius. »Schaut mal!« Er packte Felix an den Fesseln und schleuderte ihn in hohem Bogen durch die Luft.

Auch Rufus zeigte begeistert seine Schriftrolle vor. »Ich habe eine mit allen Regeln für mein Brettspiel gefunden! Habt ihr gewusst, dass es *Ludus* heißt? Vielleicht wissen wir also ab jetzt, was wir tun!«

»Und du, Brutus?«, fragte Julius, runzelte die Stirn und machte sich auf alles gefasst.

»Noch mal, bitte?«, platzte Julius heraus.

»*Gastromantie*«, verkündete Brutus und zitierte laut von seinem Pergament, »*ist die uralte griechische Kunst, sich mit den Stimmen zu unterhalten, die aus unseren Gedärmen sprechen.*«

»Jetzt schnappt er voll über!«, meinte Lucia.

»Nein, lasst mich ausreden«, polterte Brutus. »Ihr wisst doch auch, wie's in eurem Magen dauernd gluckst und gluckert, oder? Das ist euer Bauch, der mit euch sprechen will!« Er tippte auf seine Schriftrolle. »Und hier steht, diese Stimmen sagen sogar die Zukunft voraus.«

»Na WENN schon!«, rief Julius laut, erschrak aber, als sich alle Gelehrten zu ihm umdrehten. Er winkte seine Freunde zu sich heran. »Cornelius wollte mir gerade etwas Wichtiges erzählen«, flüsterte er. »Stimmt's, Cornelius?«

Cornelius rollte seine Schriftrolle wieder feierlich auseinander. »Ja, das stimmt, aber ich fürchte, es sind schlechte Nachrichten.«

Julius schluckte heftig und ließ sich auf den Boden sinken.

Felix klopfte ihm auf die Schulter. »Oh, so ein Pech, Julius. Schön, dich gekannt zu haben.«

Cornelius reckte den Huf hoch und sagte: »Aber das ist nicht alles.«

Cornelius brachte Julius zum Schweigen und las weiter. »Kollaborateure, Mitverschwörer und Parteien, die mit dem Beschuldigten zusammenarbeiten, werden ebenfalls getötet.«

»WIE?!«, kreischte Felix. »Meinen die etwa UNS?!«

»Ich fürchte ja«, antwortete Cornelius und rollte die Schrift entschlossen wieder zusammen.

Kapitel elf

Freunde ganz oben

Sie eilten zurück zum Palast, wo sie vom Priester Askepsis erwartet wurden.

»Euer Majestät«, sagte der Priester ungeduldig und machte eine dramatische Verbeugung. »Eben wollten wir nach Euch suchen lassen. Ihr werdet dringend gebraucht!«

Julius versuchte sich an Askepsis vorbeizuschieben. »Kann das nicht warten?«, bellte er nervös. »Ich, äh ... habe selbst etwas Dringendes zu erledigen!«

»Aber ich dachte, die Krönung sei erst morgen?«, sagte Julius.

»So ist es«, entgegnete Askepsis, »aber wir müssen los, um mit den Vorbereitungen zu beginnen.«

Julius schluckte verzweifelt und sauste die Treppe hinauf zu seinem Zimmer. »Wir sind gleich wieder da!«, rief er hinunter.

»Keine Angst!«, beruhigte ihn Cornelius. »Wir werden durch die Geheimgänge und Katakomben entwischen, von denen der Priester erzählt hat. Die muss es hier haufenweise geben!«

Die Tiere liefen in die Hauptkammer des Pharaos und Julius schickte sie gleich an die Arbeit. »Also, das ist unser Plan!«, verkündete er. »Ihr sucht hier jetzt alles nach einem GEHEIMGANG ab, bis in den letzten Winkel!«

»Wir machen das nicht zum Spaß«, blaffte Julius. »Es geht um LEBEN UND TOD!« Er klatschte mit den Hufen. »Schnell, bevor der Glatzkopf zurückkommt!«

Wie wär's durch diese Vase?
Ich glaube, das lassen wir lieber.

Bin schon wieder hier.
Hier entlang, oder?

Dann hörten alle, dass jemand mit Sandalen die Treppen heraufgaloppierte. Als Julius sich umdrehte, kam Askepsis auch schon in den Raum gesaust.

»Mist!«, murmelte Julius. »Jetzt ist es zu spät!«

»Euer Majestät«, sagte der Priester grinsend. »Wir können NICHT LÄNGER warten. Wir müssen sofort aufbrechen, bevor die Sonne untergeht.«

Als man sie die Treppe hinuntergeleitete, flüsterte Julius Cornelius ins Ohr: »Wir können nur mitspielen und das Beste hoffen!«

Cornelius nickte. »Sieht nicht aus, als hätten wir eine Wahl.«

Draußen wartete schon ein gewaltiges Gefolge.

»Hier entlang zur Anlegestelle, Euer Majestät.« Der Priester wies den Weg über die Stufen hinunter zum Hafen.

Unten am Kai wurde Julius von Wohlgerüchen geradezu überwältigt. Er reckte seine Nase in die Höhe und sog tief die Luft ein. »Wow, WAS für ein Blütenduft! Schnuppert mal!«

Auf der Barke erwartete sie ein sehr feiner und sehr breit lächelnder Ägypter, der angesichts ihrer königlichen Gewänder anerkennend in die Hände klatschte.

Der Ägypter streckte Julius die Hand entgegen, ergriff seinen Huf und verbeugte sich. »Es ist mir eine große Ehre, Euch zu treffen, Erhabener Heter«, sagte er. Ich heiße Apepi und bin heute der Kapitän unserer Flottille.«

»Nett, dich kennenzulernen, Apipi«, antwortete Julius galant.

»*Apepi,* Euer Majestät.«

»Natürlich«, erwiderte Julius. »Genau wie ich sagte. Und ich muss sagen, du hast da ein wunderbar riechendes Schiff.«

Apepi verbeugte sich noch einmal. »Danke sehr, Euer Majestät. Meine Familie und ich sind Euch ewig dankbar, dass Ihr Regen gebracht und unsere Ernte gerettet habt.«

Apepi zeigte Julius seinen Platz. »Eure königliche Hoheit möchten unter diesem seidenen Baldachin Platz nehmen, wenn es Euch beliebt.«

»Oh, wie gemütlich!«, sagte Julius und ließ sich in die großen Kissen fallen.

»Und Eure Freunde«, fuhr der Kapitän fort, »können unter dem Hinterdeck sitzen.«

Cornelius zog Brutus unter den kleinen goldenen Baldachin am Heck. »Das hast du falsch verstanden, du Dummerchen«, schalt er. »Das Hinterdeck ist der hintere Teil bei einem Schiff!«

Die anderen Tiere versammelten sich in der kleinen Kabine und versuchten, alle Platz zu finden.

»Rutscht mal!«, sagte Plinius. »Damit alle hinpassen!«

Brutus hatte sich noch nicht beruhigt. »Warum müssen wir uns hier auf der Pelle sitzen, und der Pharao-Angeber darf vorne faul auf weichen Kissen fläzen?«

»Genau, mach bloß Plinius nicht wütend«, warnte Felix, »sonst schleudert er noch einen von uns ins nächste Schriftrollenregal.«

Rufus zwängte sich neben Brutus und zog sein Spielbrett und einen Beutel mit Spielsteinen hervor. »Komm, eine Partie Ludus bringt dich bestimmt auf andere Gedanken.«

Widerwillig ließ sich Brutus darauf ein, aber zufrieden war er immer noch nicht. »Ich habe mit meinem Magen geredet, und auch er findet, dass ich ebenfalls Pharao sein sollte.«

Die Barken legten vom Ufer ab und Apepi rief Julius zu: »Möchten Euer Majestät auf der Reise etwas Musik hören?«

Julius schlug begeistert die Hufe aneinander. »Oh, SEHR GERN!«, fiepte er. Er drehte sich zu seinen Freunden im Heck um. »Also, Leute, Schluss mit dem Gekabbel. Ich will das hören!«

Auf einer Barke vor ihnen stimmte eine kleine Musikkapelle eine leise, melodische Weise an.

»Oh, das ist schön!«, stöhnte Julius lächelnd.

Julius vergaß alle Sorgen, ließ sich in die weichen Kissen sinken und genoss den Anblick, während sie den Hafen von Alexandria verließen.

Schon nach einer kurzen Strecke bog die Flottille in die Mündung des Nils ein. Julius winkte den Krokodilen zu, die träge im Fluss trieben und rief: »Juhuu!«.

Julius winkte im Vorbeifahren huldvoll den Menschen und Tieren am Ufer zu. *Eigentlich könnte ich mich an diesen Pharao-Quatsch gewöhnen,* dachte er.

Im Lauf des Tages wurde es Julius unter der brennenden Sonne dann aber ziemlich heiß.

»Nimm doch deinen Kopfputz herunter!«, schlug Cornelius vor. »Quäl dich nicht unnötig.«

»Stimmt«, antwortete Julius. »Gute Idee, Cornelius. Mein Kopf ist schon völlig matschig.«

Er nahm das schwere Tuch vom Kopf. Gleich spürte er eine frische Brise auf der Stirn.

Er hatte kaum das Tuch abgelegt, als jemand aus einer Gruppe am Ufer herüberrief: »Juhuu! Julius! Hallo! Ich bin's!«

Julius saß sofort kerzengerade. »Ruft da jemand meinen NAMEN?«, keuchte er und tauchte sofort zwischen den Seidenkissen ab.

»Das ist doch nicht möglich!«, rief Julius. »Wer kann mich denn HIER kennen?!« Vorsichtig spähte er zwischen zwei Kissen hindurch. »Du meine Güte!«, zischte er. »Wenn das nicht das Gnu Annie vom See bei mir zu Hause ist!«

»Wie, etwa die Komische, die immer mit Mama tratscht?«, fragte Brutus, der neugierig zum Ufer spähte.

»Oh ja, genau die!«, antwortete Julius. »Den Bart würde ich überall erkennen. Was hat die bloß hier in ÄGYPTEN verloren!?«

Alle warfen sich flach aufs Deck, bis die Barke das Gnu weit, weit hinter sich gelassen hatte.

Als sie wieder weit genug entfernt waren, ließ sich Julius endlich wieder in seine Kissen fallen.

»Wollen wir hoffen, dass Askepsis sie weder gesehen noch gehört hat!«, erwiderte Cornelius besorgt.

Die Barke fuhr einige ereignisarme Stunden lang weiter den Nil hinauf. Julius winkte vorsichtig allen Leuten, die freudig von ihren Booten am Ufer grüßten, und hielt die Augen nach vertrauten Gesichtern offen. Glücklicherweise sah er sonst niemanden, den er kannte. Er war im Gegenteil erstaunt, wie froh alle schienen, ihn zu sehen. *Was werden sie tun, wenn sie herausfinden, wer ich wirklich bin?* dachte er.

Die Sonne war schon am Untergehen, und eine kühle Brise wehte über den Fluss, als Apepi herüberkam und sich vor Julius verbeugte. »Gute Neuigkeiten, Erhabener Heter!«

Julius setzte sich auf und rieb sich die müden Augen. Der Kapitän zeigte zum Horizont, wo sich drei dreieckige Umrisse über dem Nil erhoben.

Julius sprang auf. »CORNELIUS, SIEH DOCH!«, schrie er. »Du hattest recht!«

Cornelius wachte aus seinem Nickerchen auf. »Warte … wirklich? Womit?«

Sie sind wirklich ein Wunder!

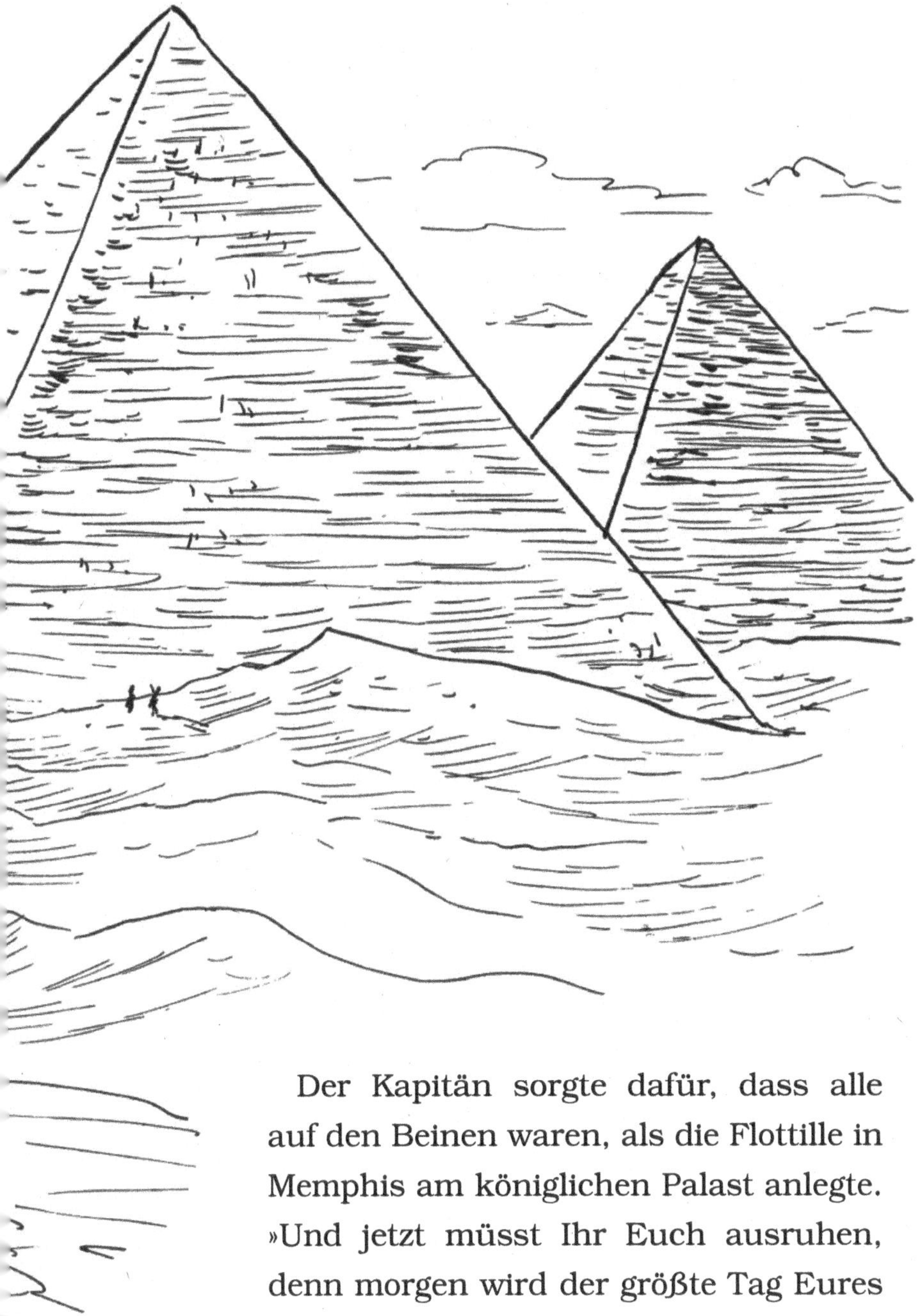

Der Kapitän sorgte dafür, dass alle auf den Beinen waren, als die Flottille in Memphis am königlichen Palast anlegte. »Und jetzt müsst Ihr Euch ausruhen, denn morgen wird der größte Tag Eures Lebens sein!«

Kapitel zwölf

Todschick angezogen

Julius wachte auf, als an seine Tür gepocht wurde. Er kuschelte sich noch fester in sein Kissen und hatte wenig Lust, den seligen Schlummer abzubrechen.

»Wenn ich heimkomme«, seufzte er leise, »dann kaufe ich mir zuallererst ein riesiges, gemütliches Bett. Das ist einfach HIMMLISCH!«

Es pochte noch einmal, gefolgt von einer dringlich klingenden Stimme. »Erhabener Heter, Zeit zum Aufstehen! Euer Königreich wartet!«

Unversehens schwang die Tür auf und Askepsis kam hereingestürmt. »Es tut mir AUSSERORDENTLICH leid, Erhabener Heter«, zischte er, »aber ich muss darauf bestehen, dass Ihr aufsteht. Vor der Krönung muss noch den Göttern Ehre erwiesen werden.«

Hinter Askepsis kamen zwei mit prächtigen goldenen Kleidern und Juwelen beladene Frauen herein.

»Eure Festgewänder sind schon vorbereitet, also auf geht's.« Er klatschte zwei Mal in die Hände, worauf die Frauen dem schläfrigen Julius ein gewaltiges goldenes Gewand über den Kopf stülpten.

Unter sein Kinn schnallten sie ein Stück geflochtene Haare mit eingewebtem Gold.

»He!«, protestierte er und packte den wurstähnlichen Haarzopf. »Was ist denn das?«

»Euer Bart, Euer Hoheit«, erwiderte Askepsis matt. »Das Zeichen Eurer Göttlichkeit.«

Der Priester überhörte die Bemerkung. »Eben diesen Bart hat schon KLEOPATRA bei ihrer Krönung getragen; Ihr solltet ihm also RESPEKT erweisen!«

In diesem Moment kamen Cornelius und Felix hereingeplatzt. Julius war froh, sie zu sehen.

»He, Cornelius, hast du gewusst, dass Kleopatra einen BART hatte?«

»Selbstverständlich!«, erwiderte Cornelius etwas gekränkt darüber, dass Julius sein grenzenloses Wissen bezweifelt hatte.

»DAS IST ER!«, rief Julius und zeigte aufgeregt seinen Zeremonienbart her. »Das ist der ECHTE Bart von Kleopatra!«

Askepsis stockte hörbar der Atem und er schlug Felix' Huf zur Seite. »Rühr den königlichen Bart NICHT AN!« Askepsis klatschte wieder zwei Mal und die königlichen Kammerfrauen zogen sich schweigend zurück.

Der Priester packte Julius am Arm und zog ihn vom Bett hoch. »Hier entlang, Euer Hoheit. Eure Kutsche wartet.«

Cornelius tippelte nebenher und versuchte Julius Aufmerksamkeit zu gewinnen.

»Hat Askepsis irgendwas über deine Bekannte, das Gnu, gesagt?«

»Nein, ich glaube, wir sind noch mal davongekommen!«, antwortete Julius.

Vor dem Palast erwartete ihn ein großer goldener Thron auf einer Sänfte, die von acht Männern getragen wurde. Askepsis führte Julius hinauf an seinen Platz.

Es erscholl eine Hornfanfare und die große Prozession setzte sich in Bewegung – Julius mit seinem Thron an der Spitze, gefolgt von Würdenträgern und einer Menge Soldaten, die langsam die Prachtstraße entlangschritten.

Die Prozession führte zu einem sehr prächtigen Tempel. Unter Askepsis' Anleitung vollführte Julius pflichtbewusst die uralten Handlungen zu Ehren der alten Götter. Der Priester führte ihn nacheinander zu drei Tempeln, wo Julius Gaben für die Götter und Pharaonen der Vergangenheit niederlegte.

Als die feierliche Zeremonie vorüber war, konnte es Julius kaum erwarten, auf seinem mobilen Thron zum nächsten Teil der Feierlichkeiten gebracht zu werden.

Er wandte sich an Askepsis und klapperte mit den Hufen. »Was kommt jetzt? Hoffentlich muss ich nicht noch in anderen langweiligen alten Tempeln herumschlurfen!«

Askepsis schniefte verächtlich und musste sich sehr beherrschen. »Als Nächstes, Euer Hoheit, stellen wir Euch dem ägyptischen Volk zu Eurer Krönung vor, und dann werden wir mit einem Festmahl feiern.«

»Hurra!«, jubelte Julius. »Ein Festmahl! Sorgen wir dafür, dass wir es nicht verpassen!«

»Da das Festmahl ein ganzes Jahr dauert«, erwiderte Askepsis, »werdet Ihr es schwerlich verpassen können.«

Wenn wir nicht auf-passen, wäre schon eine WOCHE ein Wunder!

Kapitel dreizehn

Krönungsschwindel

Langsam schob sich Julius auf seinem mobilen Thron durch die Menschenmassen am Nil. Wieder war er beeindruckt von den Pyramiden, die im Hintergrund aufragten. »Die Dinger reichen WIRKLICH bis zum Himmel!«, staunte er.

Nach einer Weile waren die Pyramiden nicht mehr zu sehen und vor ihnen öffnete sich ein kleines, felsiges Tal. Zu Julius' Verwunderung waren hier gewaltige Statuen aus dem Gestein gehauen, die feierlich auf die Prozession herabblickten.

Dann bogen sie um einen Felsvorsprung. Hier wurde Julius wieder von Tausenden von Menschen erwartet – und von einem seltsam vertraut wirkenden Koloss!

Julius verschluckte sich beinahe; noch nie hatte er so viele Menschen gesehen, nicht einmal in den Arenen von Rom. Bis jetzt war das alles ein netter Spaß gewesen, aber der Anblick der Statue und der vielen Gesichter, die ihn anstarrten, ließ das alles mit einem Mal SEHR wirklich erscheinen!

Die Ägypter hielten ihn TATSÄCHLICH für einen Gott und erwarteten, dass er das Land FÜHREN würde. Das GANZE Land! *Und ich habe bis jetzt nicht einmal einen kleinen Laden geführt,* dachte Julius. *WAS HABE ICH MIR NUR DABEI GEDACHT?!*

»Die Zweifel kommen dir aber reichlich spät!«, raunzte Milus.

Julius war völlig panisch. »Milus, Besserwisserei hilft jetzt nicht weiter!«, keuchte er und zitterte wie Espenlaub. »Hilf mir bloß, hier wegzukommen!«

Jemand zog Julius am Arm. Es war Askepsis. »Hier entlang, Euer Hoheit. Eure Untergebenen warten!«

Der Priester ließ Julius nicht los und schob ihn durch eine breite Gasse in der Menge, die frenetisch jubelte und »HETER!« rief. Dann bugsierte er ihn die Stufen zu einem gewaltigen Podium empor. Die Rufe der Massen dröhnten ihm in den Ohren.

BRAUS!!

Können wir's fix hinter uns bringen?
HETER!
HETER!

Auf der anderen Seite des Podiums tauchte eine Schar von Priestern mit Tiermasken auf, die Weihegesänge anstimmten und mit den Armen fuchtelten.

»Ich will jetzt nach Hause!«, schluchzte Julius.

Die Tierpriester besprenkelten den entsetzten Julius mit Wasser.

Askepsis schwenkte nun eine an einer Kette hängende Metallkugel durch die Luft, aus der beißender Rauch in Julius' Gesicht stieg. »Aargh! Hilfe! Würg!«, hustete er. »Die wollen mich UMBRINGEN!«

Die Priester stellten sich vor Julius' Thron auf, verbeugten sich und dann murmelten sie hinter ihren Tiermasken einer nach dem anderen immer wieder seltsame Worte.

»SEHR GUT, JULIUS!«, rief Cornelius ermunternd vom Fuß des Podiums herauf. »Weiter so; du hältst dich prächtig!«

»Aber ich kann überhaupt nichts sehen!«, heulte Julius. »Diese Idioten haben mir Seifenwasser in die Augen gespritzt!«

Julius wischte gerade seine Augen trocken, als sich ihm ein Priester mit einem Vogelkopf näherte. Er trug einen seltsamen Gegenstand.

Wortlos setzte ihm der Vogelpriester den Gegenstand auf den Kopf.

»Was ist DAS?«, fragte Julius. »Irgendeine Urne?«

Angewidert wandte sich Askepsis an Julius. »URNE? URNE?! So eine RESPEKTLOSIGKEIT ist mir noch nicht begegnet!«, fauchte er. »Das ist deine KRONE, du Idiot! Du trägst die Zeichen der beiden vereinigten Königreiche Ägyptens!« Bebend vor Wut zeigte er mit dem Finger auf Julius.

»In all den Jahren habe ich NIEMALS gehört, dass jemand diesen heiligen Gegenstand als URNE bezeichnet!«

Julius nickte anerkennend. »Ja, man lernt doch jeden Tag dazu!«

Zum Schluss steckten die Tierpriester Julius in jeden Vorderhuf einen Stab – einen gestreiften mit einem Haken am Ende und einen anderen mit drei kleinen Stöckchen, die am Ende baumelten.

»Und was sind DIESE?«, fragte Julius und wedelte mit den Stäben herum.

»Das sind die Zeichen Eurer Herrschaft!«, erklärte Askepsis. »Der Krummstab ist das Symbol Eurer HERRSCHAFT und die Geißel …«

»Ja«, antwortete der Priester und duckte sich weg. »SIE steht für die Fruchtbarkeit des Landes.«

In diesem Augenblick sprang Cornelius am Fuß des Podiums in die Höhe. »DAS IST ES!«, rief er. »Julius, deshalb haben dich die Soldaten überhaupt für einen Gott gehalten!«

»Hä? Wie meinst du das?«

»Weißt du nicht mehr, dort am Strand? Da hast du doch diese beiden Stöcke gehalten!«

»GENAU!«, rief Cornelius. »Die Stöcke haben GENAUSO ausgesehen wie dein Krummstab und die Geißel!«

Julius schlug sich mit dem Huf an die Stirn. »DESHALB haben sie mich für einen Gott gehalten!«, lachte er.

Askepsis stemmte entgeistert die Hände in die Seiten. »Was schwatzt ihr da für einen Unsinn?«

»Oh, äh… nichts…«, plapperte Julius und versteckte die Stäbe hinter seinem Rücken. »Machen wir einfach weiter und bringen's zu Ende, nicht wahr?«

Askepsis fasste Julius am Huf und präsentierte ihn der Menge. »SÖHNE UND TÖCHTER ÄGYPTENS, ICH GEBE EUCH EUREN NEUEN KÖNIG, HETER!«

Kapitel vierzehn

Grabräuber

»So!«, sagte Julius stolz. »Das hat ja am Ende ganz gut geklappt!« Er legte den Arm um seinen Bruder, der ganz in eine Partie Ludus mit Rufus vertieft war. »Hast du mich dort oben gesehen?«, fragte er. »Habe ich nicht toll ausgesehen?«

»Wo oben?« Brutus blickte nicht einmal auf.

»Auf dem Podium!«, platzte Julius heraus.

»Das ist schön«, antwortete Brutus betont uninteressiert.

»Pfff!«, machte Julius verärgert und ließ sich lustlos in seinen Sessel fallen.

»Gut gemacht, Julius«, sagte Lucia und tätschelte ihm den Arm. »Ich fand, du warst sehr mutig dort oben!«

Plinius kam heftig kauend mit einer riesigen Hummerschere angelaufen. »Gute Arbeit, Debra«, schmatzte er. »Und duften tust du auch mächtig…«

»Du hast dich ganz geschickt angestellt, Esel«, räumte Milus ein und knabberte an einer in Honig eingelegten Maus. »Bis jetzt hast du Glück gehabt, aber wir sollten verschwinden, bevor wir auffliegen.«

»Milus hat recht«, sagte Cornelius. »Je länger wir bleiben, desto tiefer der Schlamassel.«

Plötzlich blickte sich Julius um und sprang von seinem Stuhl auf. »He! Augenblick mal, wo ist Felix? Ich habe ihn seit der Krönung nicht mehr gesehen!«

»DIESE DUMME ANTILOPE!«, brüllte Milus und raufte sich wütend die Mähne.

Julius legte dem Löwen schnell einen Huf über das Maul. »SSCH!«, zischte er. »Bloß keine Aufmerksamkeit erregen!«

Milus wischte den Huf weg und funkelte Julius an. »Du wirst sehen, was passiert, wenn du mir noch einmal den Huf vor das Maul hältst!«

Eine vertraute Stimme unterbrach sie. »Mann, oh Mann! Kaum bin ich fünf Minuten weg, schon geht ihr euch gegenseitig an die Gurgel!«

Alle rissen die Köpfe herum; vor ihnen stand Felix, als könnte er kein Wässerchen trüben.

»Und wo bist du gewesen?«, fragte Julius barsch.

Cornelius betrachtete den großen blauen Edelstein genauer und bekam beinahe Stielaugen. »Felix! WO hast du den her?«

»Der war dort hinten in einer Höhle«, antwortete er und deutete über seine Schulter. Dann winkte er alle heran und flüsterte: »Da waren JEDE MENGE Schätze!«

»Oh, ein Grab…« Felix schien nicht zu begreifen, was das bedeutete.

»Genau, ein Grab!«, wiederholte Cornelius. »Die alten Pharaonen behielten alle ihre wertvollen Besitztümer, zusammen mit ihrem Sarkophag.«

Felix klappte das Maul auf.

»Das ist ein SARG, falls du fragen wolltest«, sagte Cornelius.

»Weiß ich doch!«, schnaubte Felix. »Ich habe nur gegähnt.« Er riss sein Maul noch weiter auf, streckte die Arme und machte ein Geräusch, als würde eine Kuh in einen Schacht stürzen.

»Ja, aber das solltest du besser nicht überall herumposaunen!«, knurrte Plinius und spuckte einen Krabbenschwanz aus.

Felix stopfte das Juwel zurück in seinen Rucksack und klappte ihn zu. »Gebongt! Und was machen wir jetzt? Ordentlich essen und trinken?«

»Nein!«, schrie Cornelius und riss ihm den Rucksack aus den Hufen. »Du kannst doch nicht einfach Zeug aus Pharaonengräbern stehlen!«

Plinius schüttelte entgeistert den Kopf. »Was denn für ein Fluch?«, höhnte er. »Das haarige Schweinchen dreht durch!«

»Nein, das stimmt!«, sagte Cornelius. »Die Gräber der Pharaonen werden durch schreckliche Flüche geschützt, um Diebe abzuhalten. Wenn du das nicht zurückbringst, werden wir alle einen grausigen Tod sterben!«

Julius tätschelte Felix die Schulter. »Komm schon, Cornelius hat recht; wir bringen das lieber zurück. Ich habe nämlich vor, noch lange und glücklich zu leben!«

Der arme Felix sah unglücklich aus der Wäsche.

»Keine Sorge, Felix, da liegen doch jede Menge Steine herum, die GENAUSO schön sind, glaub mir!«

»Nicht wie dieser«, seufzte die Antilope.

Julius drehte sich zu seinen Freunden um. »Ihr übrigen wartet hier mal fünf Minuten, während Cornelius und ich dafür sorgen, dass Felix den Klunker zurückbringt.«

Kapitel fünfzehn

Kammer des Schreckens

Cornelius und Julius stahlen sich durch einen Schlitz an der Rückseite des Zeltes hinaus und huschten über die Füße der riesigen Statue von Heter.

»Okay«, sagte Cornelius. »Wohin jetzt?«

Felix blickte sich um und orientierte sich. »Dorthin!«, verkündete er voller Überzeugung und flitzte bis ans Ende des Felsriegels.

Julius war beeindruckt. »Mann, echt mutig von dir!«

»Wie meinst du das?«, fragte Felix.

»Na ja«, sagte Felix und spähte in das Loch. »Da ist es sehr dunkel. Ich wäre bestimmt nicht alleine reingegangen!«

Cornelius stupste Felix an. »Na dann, zeig uns den Weg!«

Felix trat zur Seite. »JETZT gehe ich dort nicht mehr hinunter«, sagte er, »nach alldem, was du über Flüche und so erzählt hast!«

Cornelius versetzte der Antilope einen heftigen Stoß. »Der Fluch gilt nicht, wenn du's zurückbringst.«

Felix schnaubte ärgerlich, kramte in seinem Rucksack und zog eine winzige Öllampe hervor.

Er schlug einen kleinen Metallstab gegen den Taschenfeuerstein und entzündete so den Docht.

»Toll!«, sagte Julius.

Julius und Cornelius folgten Felix, der vorsichtig die Treppe hinunterstieg. Dort angekommen, standen sie vor einer Tür mit merkwürdigen ovalen Zeichen. Cornelius fielen fast die Augen aus dem Kopf.

»Kartuschen!«, schrie er.

»Gesundheit!«, erwiederte Julius.

»Neinnein!«, sagte Cornelius. »Eine Kartusche steht hier in Ägypten immer für einen Pharao. Du hast also wirklich ein Königsgrab gefunden!«

Julius stemmte sich gegen die Tür. »Und wir sollten wirklich zurückgeben, was uns nicht gehört!«, schnaufte er.

Als die Tür knarrend aufschwang, wehte ein Luftstoß heraus und blies Felix' Öllampe aus.

Sie zwängten sich durch den schmalen Spalt zwischen Tür und Wand und gelangten in einen kalten, modrigen und völlig finsteren Raum.

»Schnell«, drängte Felix. »Mach die Lampe an. Mich fängt's schon an zu gruseln!«

Man hörte Felix den Feuerstein schlagen. »Komm schon, komm schon!«, murmelte er ungeduldig. Nach einem weiteren Schlag setzten die Funken den kleinen Docht wieder in Brand. »Geht doch!«, sagte er.

Aber Julius und Cornelius hörten ihn gar nicht.

»Bei allen Göttern«, flüsterte Cornelius, dem die Kinnlade fast bis zum Boden hing. »Was IST das nur für ein Ort?«

Cornelius zog Felix mit seiner Lampe zu einer der Wände. »Schau dir diese Bilder an! Die Farben leuchten noch wie am Tag, als sie gemalt wurden!«

Julius hielt eine kleine Statue hoch. »Dieses ganze Zeug – goldene Stühle, Wagenräder, Töpfe – wofür ist das alles?«

»Wessen Kammer das auch sein mag –«, antwortete Cornelius und nahm eine Schale in Augenschein, »– all das hat er mitgenommen in sein Leben nach dem Tod!«

Felix quiekte leise auf. »He! Da sind jede Menge Katzen hier! SCHAUT MAL!«

»Mumien«, flüsterte Cornelius.

»Ist mir egal«, schnauzte Felix. »Ich mag sie nicht!«

Julius untersuchte zwei große Statuen. »He, Felix, komm mal mit der Lampe. Schau dir die Riesen hier an dieser Tür an!«

Cornelius kam herbeigelaufen und legte seine kleinen Hufe an die Tür. »Es sind WIRKLICH Wächter!«, erklärte er. »Wahrscheinlich bewachen sie eine weitere Kammer!«

Julius stemmte sich mit der Schulter gegen die Tür.

»Was tust du da?!«, rief Cornelius.

»Die Tür aufmachen! Was hast denn du gedacht?«

Cornelius stellte sich schützend vor die Tür. »Aber das DARFST du nicht!«, rief das kleine Warzenschwein. »Das ist bestimmt die GRABKAMMER!«

»Na und?« Julius klang beleidigt. »Willst du denn nicht wissen, wer da drin ist?«

»Man darf die Grabruhe doch nicht STÖREN!«, schrie Cornelius entsetzt und riss die Arme weit auseinander.

»Lass uns den Stein zurücklegen und abhauen!«, sagte er.

Felix kam heran und lehnte sich an die Tür. »Ich verspreche, dass ich den Stein zurücklege, wenn du uns hinter diese Tür sehen lässt.«

Und so stemmten sie sich alle gemeinsam gegen die schwere Tür. Als sie knarrend aufschwang, sahen sie im Schein von Felix' Lampe etwas sehr Großes und SEHR Goldenes schimmern.

»Schau, da ist sogar ein Gesicht draufgemalt!«, rief Julius.

»Und wer ist dann dieser Typ?«, fragte Felix.

»Wie meinst du?«, antwortete Cornelius abwesend.

Felix hielt die Lampe hoch. »In diesem *anderen* Sarkophag hier!«

Julius untersuchte den zweiten Sarg, der ebenfalls mit feinen Bildern und Hieroglyphen übersät war. Dann fiel ihm etwas ins Auge. »Warte! Schaut euch das an. Sind das nicht RÖMISCHE ZAHLEN?«

Cornelius sprang herbei, sah hin und erkannte ebenfalls die vertrauten, blau in Gold eingelegten römischen Zeichen.

»Gut gesehen, Julius!«, lobte er. Cornelius untersuchte das Gesicht auf dem Sarkophag. Ihm stockte hörbar der Atem. »Und du, Felix, hast auch recht! Das ist ganz bestimmt KEIN Ägypter. Es ist ein RÖMER!«

Cornelius trat ergriffen vom Sarkophag zurück. »Und das kann nur eins bedeuten …«, flüsterte er.

»Große Güte!« Felix klatschte in die Hufe. »Dann werden alle froh sein, dass wir es wiedergefunden haben!«

»Nein, werden sie NICHT!«, schimpfte Cornelius. »Sie werden SCHÄUMEN VOR WUT!«

»Und wer sind Kleo Lebertran und Mark Phantom?«

»Kleo*patra*«, verbesserte Cornelius, »war die letzte ägyptische Pharaonin. Mark Anton war ihr römischer Geliebter. Vor mehr als hundertfünfzig Jahren wurden sie von Augustus besiegt und das Zeitalter der Pharaonen ging zu Ende.«

»Aber nur, bis ich kam!«, erklärte Julius stolz.

Cornelius packte Felix' Rucksack. »Schau, diese Gräber sind heilig und wir dürften eigentlich gar nicht hier sein!«, zischte er. »Leg den Stein zurück, Felix, und dann gehen wir!«

Felix wand Cornelius den Rucksack wieder aus den Hufen. »NEIN, CORNELIUS, DU KANNST MICH NICHT ZWINGEN! DIE BLÖDEN FLÜCHE SIND MIR SCHNUPPE!!«, heulte er. »ICH BEHALTE MEINEN GLÄNZENDEN STEIN, UND DAMIT BASTA!!«

Mit diesen Worten blies Felix seine Lampe aus und verschwand im Dunkeln.

Kapitel sechzehn

Fahr mir nicht in die Parade

Julius und Cornelius hasteten aus dem pechschwarzen Grab hinaus ins gleißende Tageslicht.

»Diese idiotische Antilope!«, knurrte Cornelius und beschirmte seine Augen. »Felix wird uns noch alle ins Grab bringen!«

Julius tätschelte ihm den Rücken. »Sei nicht so streng mit ihm. Er ist eben verrückt nach seinen Steinen!«

»Wenn mir der Kopf abfällt, weil dieser Narr einen Fluch über uns gebracht hat, werde ich wirklich WÜTEND!«, tobte Cornelius.

Bald waren sie zurück beim großen Zelt, wo die Party in vollem Gang war. Heimlich schlichen sie sich durch den Eingang wieder hinein.

»Weit kann er nicht gekommen sein!«, überlegte Julius.

»Felix!«, antwortete Julius und wedelte den scharfen Seetanggeruch weg. »Er ist mit diesem verdammten Edelstein abgehauen.«

»Das ist völlig egal!«, erklärte Brutus und legte den Arm um seinen Bruder. »Wir beide müssen uns mal UNTERHALTEN!«

Brutus zauste Julius die Mähne. »Wann wirst du mich auch zum Gott machen? Hm?«

Julius schüttelte Brutus Umarmung ab. »Wie meinst du das?«

»Ach, komm schon, Julius!«, quengelte Brutus und riss die Arme in die Höhe. »WIR SIND DOCH BRÜDER!«

Julius hielt Brutus den Huf vors Maul. »Still«, zischte er. »Die Gotteswürde wird nicht einfach so verteilt. Die muss man sich VERDIENEN!«

»VERDIENEN?!«, höhnte Brutus und stieß Julius von sich. »Wie hast DU sie dir denn VERDIENT?«

Julius versuchte verzweifelt, seinen Bruder zum Schweigen zu bringen. »Brutus, bitte!«

Aber Brutus lief rot an vor Wut, stampfte herum und ruderte mit den Armen. »Das Ganze ist doch LÄCHERLICH!«, schimpfte er laut.

Einige Würdenträger wurden auf den Lärm aufmerksam und reckten die Köpfe.

»Die halten dich doch alle für einen PFERDEGOTT!«, schrie er.

Julius presste Brutus einen Huf aufs Maul und flehte: »Sei doch endlich STILL! Wahrscheinlich ist dir der viele Hummer zu Kopf gestiegen!«

Julius bemerkte, dass jemand direkt hinter ihm stand. Er fuhr herum und blickte in Askepsis' ärgerliches Gesicht.

»Gibt es ein Problem?«, fauchte der Priester bedrohlich.

Julius ließ Brutus abrupt los, der zu Boden ging, und verschränkte unschuldig die Arme hinter dem Rücken.

»Gut«, sagte Askepsis. »Wir haben nach Euch gesucht. Eure Anwesenheit ist wieder erforderlich.

Einen Augenblick lang blickte er Brutus an, der am Boden saß und sich den Kopf rieb. Dann betrachtete er Julius argwöhnisch, schnaubte laut, machte kehrt und stürmte mit seinen Sandalen davon. »Folgt mir, *Pferd*!«

Julius herrschte Brutus wütend an: »Jetzt hast du's geschafft!«, blaffte er. »Askepsis hat dich *bestimmt* gehört!«

»Na wenn schon ...«, meinte Brutus beleidigt.

Bevor Julius antworten konnte, führte man ihn auch schon aus dem Zelt und wieder zum großen Podium, wo seine Krönung stattgefunden hatte. Askepsis winkte ihn eilig zu den hinteren Stufen.

Als Askepsis ihn die Stufen hinaufführte, überkam Julius Panik. »Aber ich bin nicht vorbereitet!«, protestierte er. »Ich brauche meinen besonderen Berater Cornelius!«

Der Priester funkelte das wimmernde Zebra an. »Diesmal ist Euer Freund nicht dabei, Pferd«, zischte er. »Und außerdem seid Ihr als Gott ja gar nicht auf den Rat einfacher Sterblicher angewiesen!«

Julius reckte den Kopf über die Balustrade. In der Menge brauste großer Jubel auf, als sie seine Krone und das vertraute Gesicht entdeckte. Julius schluckte, betrat das Podium und winkte seinen Bewunderern zu.

Julius wollte zu den jubelnden Menschen sprechen, konnte bei dem Getöse aber kaum seine *eigene* Stimme hören!

Während er noch winkte, bemerkte er plötzlich, dass seine Fans aufgehört hatten, »Heter« zu skandieren. *Was in aller Welt rufen sie jetzt?*, fragte er sich.

Er beugte sich vor und legte den Huf ans Ohr. »WAS WOLLT IHR?!!«, rief er.

Entsetzt begriff er, was sie wollten, und streckte die Hufe in die Höhe. Die Menge verstummte.

»LEIDER KANN ICH ES HEUTE NICHT REGNEN LASSEN!«

Die Menge wurde unruhig und fing an zu buhen. Julius bekam es mit der Angst zu tun. Askepsis blickte mit verschränkten Armen von unten herauf und wippte ungeduldig mit dem Fuß.

»Na gut! Na gut!«, sagte Julius und wandte sich wieder an die Menge.

Es hat ja schon einmal geklappt, redete er sich ein. *Warum sollte es nicht noch mal hinhauen?* Er hob die Arme und schloss die Augen.

Es war mucksmäuschenstill. Alle blickten zum Himmel hinauf und warteten auf ein Anzeichen für Regen.

Nichts geschah.

Julius öffnete langsam die Augen. Der Himmel war noch immer strahlend blau – vielleicht war es inzwischen sogar noch etwas sonniger geworden.

Wieder begannen die Sprechchöre:

Julius hielt beschwichtigend die Hufe in die Höhe. »TUT MIR LEID!«, rief er. »ABER HEUTE WIRD DAS WOHL NICHTS WERDEN!«

Das war NICHT, was die Leute hören wollten! Wieder war lautes Buhen zu hören und es flog faules Obst in Julius' Richtung.

Mit Schrecken sah Julius, wie sich seine begeisterten Fans in einen wütenden Mob verwandelten, und er wich langsam zurück.

Dann löste sich eine Gestalt aus der Menge und machte sich auch schon daran, die Stufen heraufzusteigen.

»ER IST GAR KEIN PFERD!«, rief die Gestalt.

Julius reckte sich, um besser sehen zu können. *Sieht mir nach einem Gnu aus*, dachte er.

»Du bist es!«, rief das Gnu Julius hinzu. »JULIUS ZEBRA!«

Julius warf sich auf den Boden. *Schon wieder dieses Gnu! Was soll ich bloß tun?*, dachte er. *Ich muss von hier verschwinden!*

Da bemerkte er in Sandalen steckende Füße direkt vor seiner Nase.

»HAB ICH'S MIR DOCH GEDACHT!«

Julius spähte ängstlich in das wütende Gesicht von Askepsis, dem Priester, hinauf.

Julius rappelte sich auf und flehte: »Hör zu, es ist nicht so, wie du denkst!«

»DIR höre ich bestimmt nicht mehr zu!«, schnauzte der Priester. Er winkte Wächter heran, die das Zebra ergreifen sollten. »Du bist ein SCHARLATAN!« Er beugte sich dicht zu Julius, als die Wachen ihn wegschaffen wollten, und zischte: »Und SCHARLATANE mögen wir hier in Ägypten KEIN BISSCHEN!«

Als Askepsis den Wachen das Zeichen gab, Julius abzuführen, sprang ihnen ein wohlbekanntes Krokodil in den Weg.

»LUCIA!«, rief Julius.

Kapitel siebzehn

Rosskur

Lucia hüpfte vergnügt zum Streitwagen und zog prüfend an den Zügeln, ob sie auch stramm saßen.

»Lucia, diesmal gehst du ZU WEIT!«, beklagte sich Julius. »Jetzt bist du WIRKLICH übergeschnappt!«

Lucia tätschelte Julius den Kopf. »Ruhe jetzt, Julius«, sagte sie.

»Wie ließe sich besser beweisen, dass du ein Pferd bist, als mit einem Sieg in einem WAGENRENNEN?«

Julius schnaubte laut. »Erstens: Finger weg von meinem königlichen Haupt, und zweitens: statt mit diesem stinkigen Idioten wäre ich lieber mit JEDEM ANDEREN zusammengespannt!«

Brutus hörte nicht hin und strich sich durch seinen geliebten Algen-Mopp, wobei er ein gutes Dutzend Fliegen aufscheuchte.

Lucia sprang auf den Wagen, wo ihr Mitlenker Rufus schon geduldig wartete. »Vertrau auf deinen Bruder!«, riet sie und kicherte.

Brutus grinste verschmitzt. »Siehst du, Brüderchen? Alle finden, zusammen sind wir GROSSARTIG!«

Die übrigen Kumpels kamen und wünschten ihnen Glück. Cornelius tätschelte Julius den Kopf. »Alles Gute, Jungs; hier kann es nur einen Gewinner geben!«

Julius ließ seinen Ärger an Felix aus, der sich ängstlich hinter Cornelius versteckte. »Das ist alles deine Schuld, Felix!«, schäumte er. »Ich habe mit diesem Fluch zu schaffen, seit du diesen blöden Stein gemopst hast!«

Felix duckte sich noch ein bisschen tiefer hinter das Warzenschwein. Milus und Plinius saßen auf einem Fels und blickten missmutig herüber.

Plinius sprang hoch und baute sich vor den beiden Zebras auf. »Achtet nicht auf den Griesgram!«, sagte er. »Aber hört auf Lucia. Das alte Klappergebiss hat RECHT!«

Die kleine Maus hüpfte herum wie ein Vollblüter auf der Pferderennbahn. »Ihr Zebras habt pures FEUER in den Hufen!«

Julius betrachtete seinen linken Vorderhuf. »Tatsächlich?«

»NA KLAR!«, erwiderte Plinius. Er deutete auf die Pferde neben ihnen. »Seht euch diese verhätschelten Kuschelponys doch an – sind die wohl je von einem hungrigen Löwen gejagt worden?«

Julius beobachtete zu, wie ihre Gegner vor den Wagen gespannt wurden. Die beiden muskulösen Pferde sahen aus, als könnten sie es mit der gesamten römischen Armee aufnehmen!

»Hast du gesehen, wer ihren Streitwagen lenkt?«, bemerkte Cornelius.

»Er soll«, sagte Cornelius, »in seiner Jugend ein erfolgreicher Wagenlenker gewesen sein, bevor er Priester wurde!«

»Na wunderbar!«, seufzte Julius. »Wir sind VOLL geliefert.«

Plinius sprang Julius auf den Kopf und stierte ihm in die Augen. »So redet doch kein RÖMISCHER CHAMPION!« Er sprang mit einem Rückwärtssalto von Julius' Kopf, landete auf den Füßen und versetzte Julius einen kräftigen Tritt. »Schon möglich, dass ihr Feuer in den Hufen habt…«

Brutus verzog das Maul zu einem breiten Lächeln. »Ganz meine Meinung!« Er grinste. »Das scharfe Zeug, das ich bei der Party gefressen habe, hat mir ganz schön eingeheizt!«

Julius rümpfte die Nase. »Will ich gar nicht so genau wissen!«

Lucia zupfte ein letztes Mal an den Zügeln, um die Gurte zu prüfen. »Also gut!«, erklärte sie. »Jetzt kann's losgehen!«

Sie trotteten zur Startlinie, während Plinius und die anderen zur Seite sprangen und sich gute Plätze zum Zuschauen suchten.

Die beiden Streitwagen standen startbereit nebeneinander. Julius sah zu Askepsis hinüber, der die Zähne bleckte und knurrte.

»Wir werden alle sterben!«, wimmerte Julius.

»Keine Sorge, Jungs«, meinte Lucia selbstbewusst. »Ich habe Hunderte solcher Rennen gesehen. Ich weiß genau, was zu tun ist.«

»Das kann ich nur hoffen!«, murmelte Julius. »Wenn wir verlieren, sind wir geliefert!«

»Mach jetzt bloß keinen UNSINN!«, flehte Julius.

Bevor Brutus noch etwas sagen konnte, erklang der Gong und die Gespanne jagten LOS!

Hui!!

Julius und Brutus galoppierten um ihr Leben. Lucia hielt im Wagen geschickt die Zügel und lenkte sie behutsam um die engen Kurven.

Aber Askepsis war auch schnell! Die starken ägyptischen Pferde schlugen ihre Hufe kraftvoll in den heißen Sand und zogen mit Leichtigkeit an den beiden Zebras vorbei.

Julius und Brutus senkten die Köpfe, beschleunigten noch einmal und holten das Letzte aus ihren Muskeln und Sehnen raus. Lucia klammerte sich fest und zog vor der nächsten Biegung scharf an den Zügeln. Auf einem Rad schlitterten sie in einer riesigen Staubwolke um die Kurve und rissen um ein Haar ein Stück aus der großen Pyramide.

Sie waren zu schnell gewesen! Der Wagen stürzte beinahe um, mitsamt Lucia und Rufus. Die Giraffe konnte sich aber mit einem Huf am Wagen und mit dem andern an Lucia festklammern, und so hielten sie Julius und Brutus in der Spur!

»Er zieht davon!«, schrie Julius. »Auf, Brutus. LAUF SCHNELLER!«

Mit einem Zwischenspurt holten sie Askepsis wieder ein.

Dem Priester gefiel das überhaupt nicht; er zog seinen Speer und versuchte, ihn zwischen Lucias Speichen zu rammen!

»DU GEMEINER BETRÜGER!«, brüllte Rufus und drohte wütend mit dem Huf. »Wenn er das geschafft hätte, wären wir erledigt gewesen!«

Lucia behielt weiter die Strecke im Auge. »Schau, ob er's noch einmal versucht!«, befahl sie. »Wir MÜSSEN ihn hinter uns lassen!«

»WIE VIELE RUNDEN MÜSSEN WIR DENN NOCH?«, schnaufte Brutus.

»Noch drei!«, antwortete sie.

»UND WIE VIELE HABEN WIR SCHON GESCHAFFT?«, rief Brutus.

»FAST EINE!«, schrie Lucia.

Julius dagegen konnte das Tempo mühelos halten. »Halte durch, Bruder!«, schnaufte er. »Wenn ich als Gladiator eins gelernt habe, dann Ausdauer!«

Dank Julius' Schnelligkeit und Lucias ruhiger Hand am Lenker kamen sie Askepsis' Streitwagen wieder näher.

»VERSUCHEN WIR ZU ÜBERHOLEN, OHNE DASS ER UNS WIEDER BEHINDERN KANN!«, schrie Julius.

»Keine Sorge«, antwortete Brutus und grinste frech. »Ich habe eine bessere Idee!« Im selben Augenblick ZOG er den Wagen hinüber in die Spur der Ägypter!

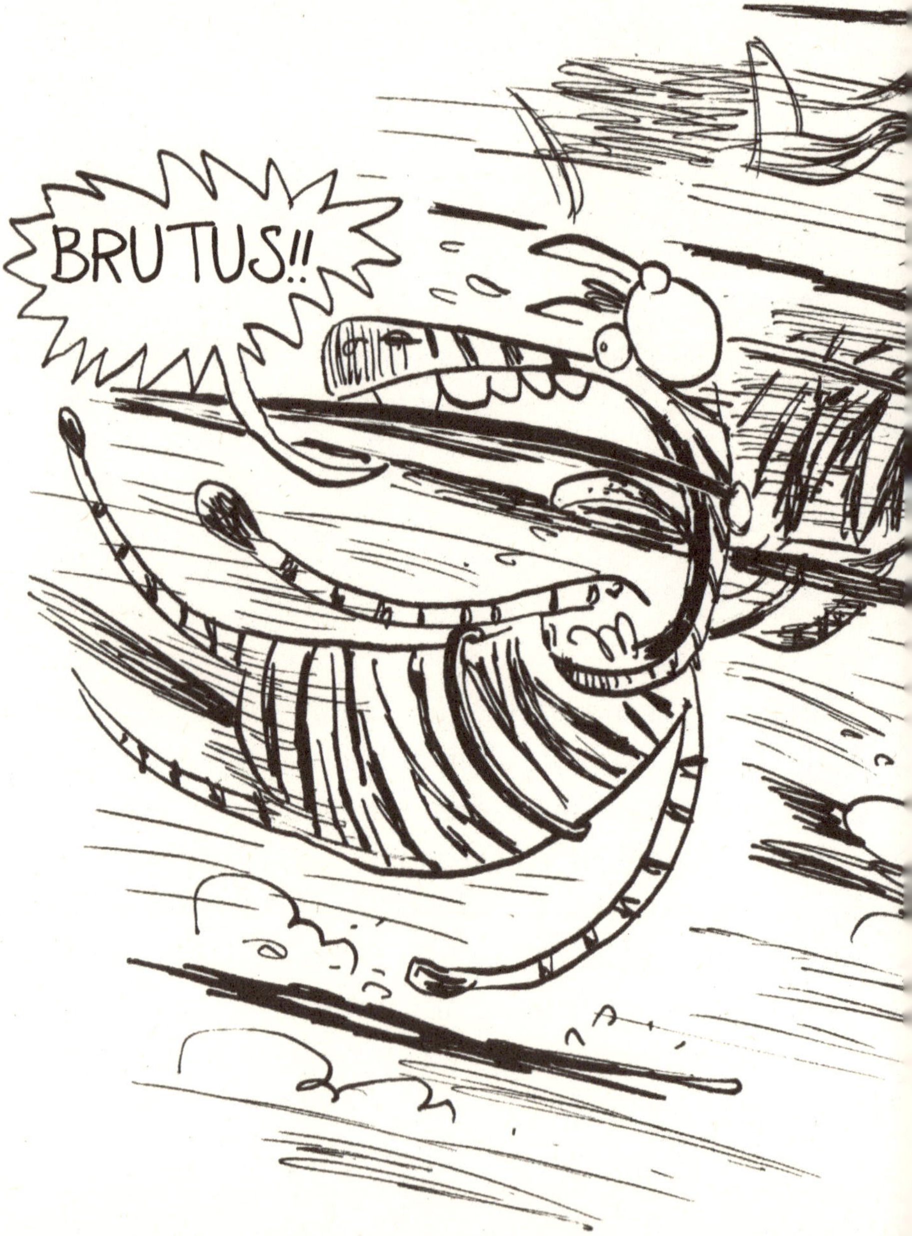

Der ägyptische Wagen wurde hoch in die Luft geschleudert, aber der erfahrene Askepsis schaffte es irgendwie, ihn heil wieder in die Spur zu bringen.

»JUUJUUHUUU!«, lachte Brutus. »DENEN HABEN WIR'S ABER GEZEIGT!«

»Du VERDAMMTER IDIOT!«, schrie Julius. »Wir wären beinahe ALLE gestürzt!«

Brutus nahm von seinem Bruder keine Notiz. »Jetzt hab dich nicht so! Wagenrennen sind nichts für WEICH-EIER!«

Julius wagte einen Seitenblick auf Brutus. »Ätsch! Dafür hast du jetzt deine blöde Perücke verloren!«

»WIR MÜSSEN SOFORT UMKEHREN!«, heulte Brutus und blickte sich verzweifelt um.

»Die holen wir in der nächsten Runde!«, sagte Julius.

»Dann aber SCHNELL!« Brutus preschte mit frischer Energie vorwärts und zog den Wagen noch schneller als zuvor.

Die Zuschauer tobten, als Julius' Wagen an Askepsis vorbeizog und um die nächste Kurve schoss.

Sie sausten die nächste Gerade hinunter und näherten sich der letzten Biegung. Weit vorn sah Brutus seine geliebten grünen Locken im Staub. »DA LIEGT SIE!«, rief er.

Als Brutus den Wagen in Richtung des Seetangbüschels zog, verhedderten sich seine Hufe aber mit denen von Julius.

»VORSICHT!«, jaulte Julius, als er merkte, dass seine Beine unter ihm nachgaben. Er versuchte sich noch zu fangen, aber es war zu spät.

PASS AUF!

Als sich der Staub langsam legte, fragte sich Julius, ob er noch am Leben war. Dann stieg ihm beißender Fischgeruch in die Nase. Ja, offenbar lebte er noch.

Julius wollte gerade über seinen hirnverbrannten Bruder herfallen, als Askepsis' Wagen vorüberdonnerte, dass es Julius den Atem raubte. In der Ferne überquerte er unter großem Jubel die Ziellinie.

»Großartig«, sagte Julius und sank erschöpft zurück auf den Boden.

Kapitel achtzehn

Ausgespielt!

Lucia sprang aus dem umgestürzten Wagen, jagte hinüber zu Julius und rief: »Alles in Ordnung?«

»Ich … ich glaube schon«, murmelte er und rieb sich den Ellenbogen. »Nur ein paar Schürfwunden.«

Dann kamen Julius' Freunde angelaufen. Sie alle waren nun in einer misslichen Lage.

»Das war DIESER Knallkopf!«, knurrte Julius und deutete mit dem Huf auf seinen Bruder. »Er hat uns alle zur Seite gezogen, nur um seine blöde PERÜCKE zu holen!«

»Ich werde ihm mehr als eine Perücke überziehen, wenn mich keiner davon abhält«, zischte Julius und stürzte sich auf seinen Bruder.

Bevor er seine Drohung wahrmachen konnte, hallte der Ruf »Nehmt sie fest!« über die Rennstrecke.

Askepsis kam mit einem kleinen Trupp Soldaten herbeigestürmt und schleuderte seinen Helm in den Sand.

»Oh-oh«, warnte Cornelius. »Jetzt sind wir dran!«

Julius rappelte sich mühsam auf und versuchte, die Sache mit dem Priester zu diskutieren. »Sieh mal! Das beweist doch überhaupt nichts!« Er ruderte wild mit den Hufen. »Wenn du mich ohne meinen nichtsnutzigen Bruder laufen lässt, werde ich BEWEISEN, dass ich ein Gott bin!«

Doch als Julius mit den Armen wedelte, stöhnte Askepsis mit theatralischer Geste auf und wich einen Schritt zurück.

Dieses Pferd ist kein Gott!
Es blutet wie ein Sterblicher!
ÄCH

Julius war verdutzt. »Äh … wie?« Er blickte an sich herab und sah, dass er verletzt war.

Cornelius packte ihn am Arm. »Es ist dein Ellenbogen. Du hast ihn dir aufgeschürft!«

»Na und?« Julius begriff nicht, was daran so schlimm sein sollte.

»Götter BLUTEN NICHT, Julius«, erklärte Cornelius. »Das stand auch in den alten Schriftrollen, die ich gelesen habe. Jetzt sind wir echt geliefert.«

Schon drängte die Menge auf Julius und seine Freunde zu.

»Wir sind verloren!«, schrie Julius panisch.

»Nicht unbedingt!«, rief Lucia.

Alle liefen herbei, um den Streitwagen wieder aufzurichten. Mit lautem KRACHEN kippte er wieder auf die Räder.

Julius betrachtete erleichtert das unbeschädigte Gefährt. »Vielleicht sind wir jetzt nicht mehr vom Pech verfolgt!«

Milus packte die Antilope und stieß sie auf den Wagen. »Wenn du nicht das Maul hältst, sorge ich dafür, dass du dir wünschst, du hättest diesen verdammten Stein niemals gefunden!«

Kapitel neunzehn

Glücksrad

Julius und Brutus schlüpften ins Zaumzeug, während Askepsis und seine Wachen heranstürmten.

»HALTET SIE AUF!«, brüllte der Priester, als er begriff, was sie vorhatten. »SIE WOLLEN FLIEHEN!«

Sobald alle an Bord waren, brausten die beiden Zebras los und bahnten sich ihren Weg durch die Menge.

Der Wagen entfernte sich am Flussufer entlang rasch von den Pyramiden und der wütenden Meute.

Lucia lenkte sie auf eine ebenere Straße, die auf eine Hügelkette zuführte. »Haltet euch fest!«, sagte sie. »Wenn wir über diese Anhöhe weg sind, haben wir's geschafft!« Sie drehte sich um und wollte sich mit Rufus abklatschen, als es unter dem Wagen plötzlich laut KLONK machte.

Der Wagen kullerte mitsamt seinen Insassen mit lautem Krachen in einer Staubwolke die Uferböschung hinunter.

Während sich alle aufrappelten und abklopften, sah Julius, wie Felix die Trümmer durchsuchte.

Die Antilope zog ihren geliebten Edelstein hervor und polierte ihn mit dem Huf. »Puh!«, sagte Felix. »Ich dachte schon, ich hätte ihn verloren!«

Felix versuchte, Julius den Stein zu entreißen. »ER IST NICHT VERFLUCHT!«, heulte er. »IST DOCH NICHT MEINE SCHULD, DASS DU DUMM BIST UND EIN PECHVOGEL!«

Milus grapschte sich den Stein aus Julius' Hufen. »Ausnahmsweise hat die Ziege mal recht«, knurrte er. »Du warst schon immer ein ungeschickter Dussel, Edelstein hin oder her.«

Aber Cornelius wollte davon nichts wissen und riss Milus das Juwel aus der Pfote.

»Nein, nein, nein, NEIN! BEGREIFT das doch!«, sagte er. »Der Fluch der Pharaonen ist kein Märchen. DEN GIBT'S WIRKLICH!«

»OH JA! ALLES geht schief, seit du mit diesem verflixten Edelstein angekommen bist!«, pflichtete Julius bei.

»Und jetzt geht ALLES schief, was schiefgehen kann!«, schnaubte Julius und setzte sich hin.

Plötzlich sprang Lucia auf. »Tatsächlich!«, schrie sie. »Der Stein ist WIRKLICH verflucht!« Mit weit aufgerissenen Augen zeigte sie den Fluss hinunter.

!
He, sind das nicht RÖMISCHE Schiffe?!

»Und wenn ich mich nicht sehr irre, dann ist es das Wappen von HADRIAN persönlich!«, bemerkte Cornelius aufgeregt.

»HADRIAN?!«, stieß Plinius hervor. »Was will dieser Loser bloß in ÄGYPTEN?«

»VÖLLIG EGAL!«, schrie Julius.

Sie ließen den ramponierten Wagen zurück und jagten in Richtung der Hügel, so schnell ihre Beine sie trugen.

Im Laufen meinte Julius zu Felix: »Ganz egal, was du sagst, Felix!«, keuchte er. »Wir bringen den Edelstein zurück, OB DU WILLST ODER NICHT!«

Kapitel zwanzig

Mumienschanz!

Milus hob eine Pfote. »Könnte mir jemand noch mal erklären, warum wir uns mit alten Binden einwickeln?«

Die arme Lucia war schon ziemlich entnervt, weil er es immer noch nicht kapierte.

»Die Ägypter wickeln ihre Toten in Bandagen, damit sie für ihre Reise in die Unterwelt gut konserviert sind!«

Felix hob den Huf. »Heißt das, wir müssen auch in die Unterwelt, wenn wir jetzt als Mumien verkleidet sind?«

»Aber werden die Leute nicht ausflippen, wenn sie Mumien herumlaufen sehen?«, fragte Julius, als er sich das Ende der Binde um das Gesicht wickelte.

»Nein, nein. Mumien sieht man hier häufig«, antwortete Lucia leichthin. »Das ist hier ganz normal!«

Lucia klatschte mit den Klauen, damit alle hersahen. »Also, haben alle den Plan verstanden? Wir schleichen uns in Kleopatras Grab, legen Felix' verfluchten Stein zurück und verschwinden nach Hause, bevor jemand was bemerkt. Ganz einfach!«

Ich sehe nicht, wo's langgeht!
Pass auf!
Uff

Wessen blöde Idee war das?

Während sie sich durch das Geröllfeld tasteten, griff Julius sich Felix und schubste ihn ganz nach vorn. »Du musst uns den Weg zeigen. Ich war erst einmal hier!«

Cornelius kam zu ihnen nach vorn. »War da nicht ein Fliesenboden vor dem Grabeingang?«

»Ach ja!« Felix lachte erleichtert. »Gut aufgepasst, Cornelius! Es war ganz in der Nähe der großen Statue von Heter. Darauf sollten wir achten!«

Julius schob die Bandage in die Stirn, um etwas sehen zu können. »Es kann nicht mehr weit sein. Seht, dort ist die Statue!« Er deutete auf jene riesige Gestalt, die sie schon kannten.

»Ausgezeichnet!«, sagte Felix und betastete die Felswand. »Dann muss es hier irgendwo sein …«

Plötzlich hörten sie einen scharfen Pfiff.

Alle reckten ihre Arme nach vorn, stöhnten und machten seltsame Gurgelgeräusche.

Julius schielte unter seinem Verband hervor. »Hatten wir Erfolg? Konnten wir uns vorbeischleichen?«

Milus riss sich die Binden vom Gesicht und schleuderte sie auf den Boden.

»Nun, wenn du Weglaufen und Schreien einen Erfolg nennst, dann hat unsere Verkleidung hervorragend funktioniert.«

»Wollen wir hoffen, dass er niemandem davon erzählt«, meinte Cornelius besorgt. »Meiner Meinung nach erregt eine Horde von als Mumien verkleideten Idioten jede Menge Aufsehen.«

Sie stolperten weiter durchs Felsental, bis Felix stehen blieb und mit dem Huf auf den Boden schlug. »He, Cornelius, schau mal hier.«

»Gut gemacht, Felix!«, lobte ihn Cornelius. Zum Rest der Gruppe sagte er: »Hier ist es! Rasch, die Treppe hinunter!«

Alle purzelten durch die massiven Türen in die stockfinstere Kammer.

»Felix!«, rief Julius. »Mach deine Lampe an!«

Für einige lange Momente saßen alle schweigend im Dunkeln. Man hörte leises Reiben und sah winzige Funken aufstieben, die sofort wieder verschwanden. Endlich war das Gesicht von Felix zu sehen, als seine Lampe hell aufflackerte.

»Was *oh-oh?*«, fragte Julius ängstlich.

»Nun«, antwortete Felix. »Entweder hat jemand hier aufgeräumt und die Wände alle blank gescheuert oder wir sind im falschen Grab.«

»IM FALSCHEN GRAB?«, ächzte Julius.

FELIX!

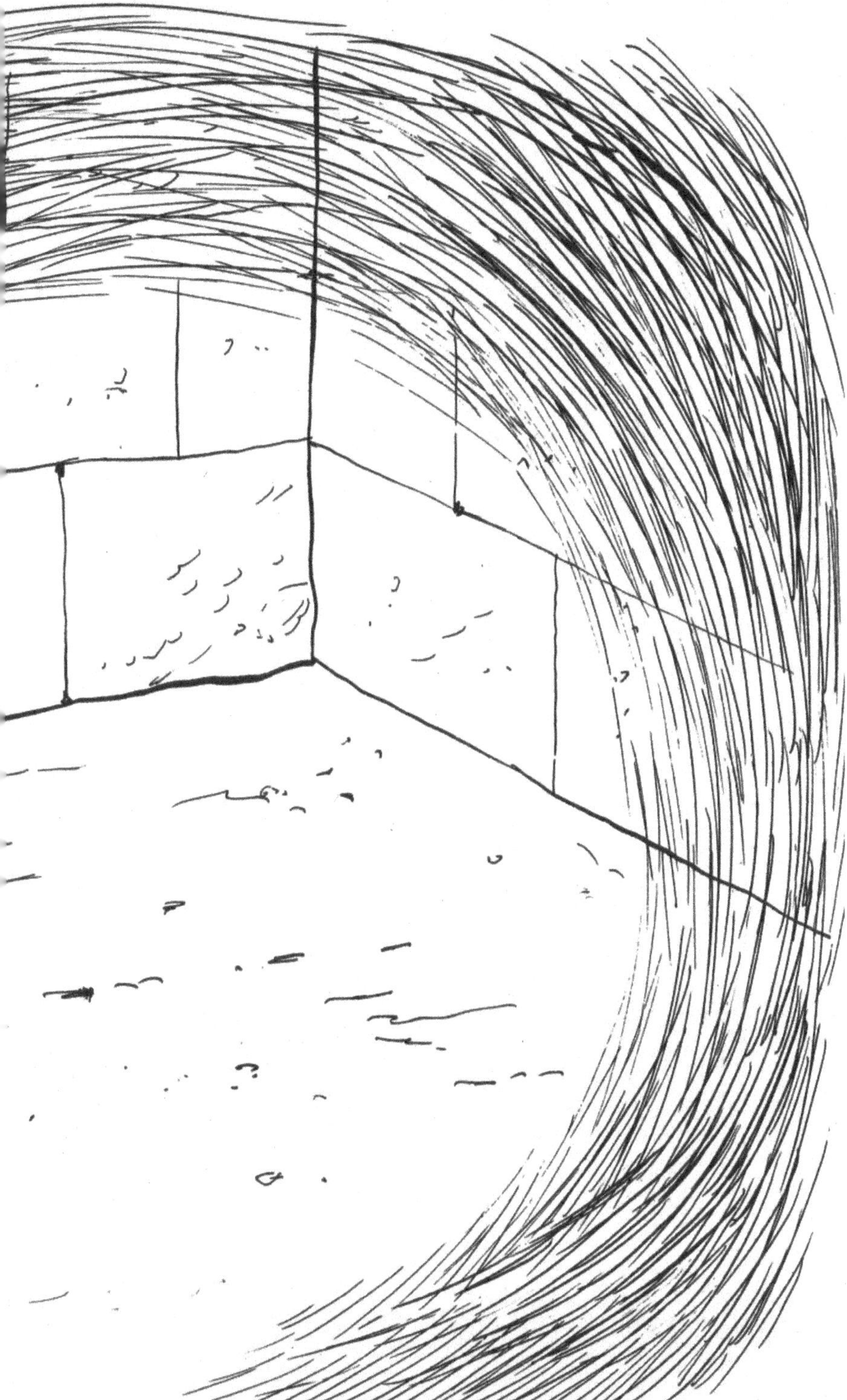

»Du VOLLTROTTEL!«, schrie Julius.

Alle kamen auf die Beine und klopften sich den Staub ab.

»Können wir den Stein nicht einfach hier lassen?«, schlug Brutus vor. »Das merkt doch bestimmt keiner, oder?«

»Nein, Brutus!«, erwiderte Cornelius. »Wir müssen ihn an den richtigen Ort zurückbringen, sonst wird sich der Fluch NIEMALS auflösen.«

Als sie alle zur Tür gingen, hüpfte Felix ganz nach vorn. »Ich wette, es ist gleich nebenan!«, sagte er lachend. »Wir werden schneller zu Hause sein, als ihr glaubt!«

Als sich Felix aber durch die Steintüren quetschen wollte, versperrte ihm eine geheimnisvolle Gestalt den Weg.

Der wütende Priester stand regungslos in der Tür.

»Haargenau!«, erklärte er. »Mir wurde von einer Gruppe von Tieren berichtet, die als Mumien verkleidet seien – das konntet nur ihr sein.«

Er warf sie Julius ins Gesicht. »DU verdorbenes Ungeziefer«, schrie Askepsis und zeigte auf das Zebra. »Du hast eine GANZE NATION hintergangen!«

Brutus drängte sich vor seinen Bruder. »WAGE es, so mit meinem Bruder zu sprechen!« Er drohte mit seinem Huf.

Askepsis hob ungerührt die Arme in die Höhe. »Weiche zurück, Narr. FÜR DIESE TÄUSCHUNG WERDEN WIR EUCH ALLE ZUR RECHENSCHAFT ZIEHEN!«

Bevor jemand reagieren konnte, trat der Priester zurück und schlug zusammen mit seinen Wachleuten die schweren Steintüren zu. RUMMS!

»ER HAT UNS EINGESCHLOSSEN!«, schrie Julius. Alle liefen zur Tür und versuchten, sie aufzuziehen.

Aber es war zu spät.

Askepsis hatte sie auf ewig begraben.

Kapitel einundzwanzig

Ein toller Käfer

»Das ist alles deine Schuld, Felix!«, ächzte Julius. »WIEDER hat dein kostbarer Stein Wunder gewirkt!«

Felix trat von der Tür zurück und presste seinen Rucksack fest an sich. »He, jetzt aber mal langsam ...«, stammelte er.

»NICHTS langsam!«, brüllte Milus. Er stürzte sich auf Felix und riss ihm den Rucksack aus den Hufen. »Wir haben dir wahrlich genügend Gelegenheit gegeben, dumme Ziege! Schau, in was für eine Lage du uns gebracht hast!«

Felix drückte Milus beiseite und trat noch weiter zurück. »Seht mal, wir können bestimmt einen anderen Weg hinaus finden. Plinius kann sich doch sicher unter irgendeiner Tür durchquetschen, oder?«

»Aber ich könnte ja eine meiner brandneuen Kampftechniken ausprobieren!«, schlug Plinius aufgeregt vor. Er nahm einen weiten Anlauf und stürzte sich dann Kopf voraus gegen die Steintür.

Cornelius machte Felix Vorwürfe. »Es gibt keinen anderen Ausgang, du Idiot!«, tobte er. »Wir sind lebendig begraben! Es gibt keinen Ausweg! WIR WERDEN HIER STERBEN!«

Während sie niedergeschlagen die restlichen Binden abwickelten, flackerte Felix' Lampe, als gäbe es einen Luftzug im Raum.

»Nun, meine wütenden Freunde, das stimmt nicht ganz!«, war ein leises Stimmchen zu vernehmen.

Alle drehten sich zu Plinius um.

»Wie meinst du das?«, fragte Julius die kleine Maus.

»Hä?«, rief Plinius. »Du hast sie wohl nicht alle! Das war doch nicht ich!« Er sah Milus an. »So eine Piepsstimme hab ich doch nicht, oder?«

Wieder war das Stimmchen zu hören. »NEIN! Es war nicht der mit den großen haarigen Ohren!«

»Mann! Ein kleiner Käfer!«, sagte Julius und beugte sich tief zu ihm hinunter. »Pfui! Was riecht da so vergammelt?«

»Jedenfalls«, fuhr der kleine Käfer munter fort, »bin ich hier, um euch zu sagen, dass ihr hier NICHT lebendig begraben seid, sondern wieder freikommen werdet! Ist das nicht schön?«

Alle schrien erfreut auf. Brutus kam herbeigelaufen. »Oh, Chepi, ich könnte dich küssen!«, verkündete er.

Chepi krabbelte die Wand hinauf und stemmte sich gegen einen losen Stein. »Seht ihr?«, schnaufte er. »Die Wand ist nicht so, wie sie scheint!«

Julius kam heran und half ihm, gegen den Stein zu drücken, bis er auf der anderen Seite herunterplumpste.

Julius wandte sich an seine Freunde. »Kommt, durch das Loch passen wir alle durch!«

Einer nach dem anderen zwängte sich hindurch; sie kamen in eine kleine Kammer mit drei Ausgängen. »Und wo geht's weiter?«, fragte Julius.

Chepi reichte ihm eine kleine braune Kugel.

Chepi leckte sich ein Beinchen und hielt es in die Höhe. »Dorthin!«, rief er und sauste in den dritten Tunnel davon.

Hallo!
Muss das sein? Können wir nicht hierbleiben?
Wartet auf mich!
Ver-schwinde!
Eine massive Goldbüste!
Viel Glück, sie hier rauszukriegen!
Ziemlich eng!

So viele glänzende Steine überall!
Nein Felix!
Mein Schatz!
Pardon?
plitsch
Und ihr seid frei!

Sie schoben einen letzten Block beiseite und gelangten schließlich an die frische Luft.

Julius hockte sich neben den Käfer, ihren neuen Freund. »Vielen, vielen Dank, Chepi. Du hast uns das Leben gerettet!«

»Ach, bevor ich's vergesse!«, bemerkte Julius. »Hier, deine kleine braune Kugel!«

»Ah! Danke, mein geschätzter Freund. Dafür bin ich dir ewig dankbar.«

Julius schnüffelte an seinem Huf. »Was ist das eigentlich?«

Julius war noch immer erschüttert über diese Erkenntnis, als hinter ihnen ein lauter Trompetenstoß erschallte.

Alle drehten sich um und entdeckten, dass sich aus der Flotte, die sie zuvor gesehen hatten, nun eine kleine Armee ausschiffte.

»Hadrian!«, flüsterte Julius. »Jetzt sind wir ECHT dran!«

Kapitel zweiundzwanzig

Der Fluch der Mumie

Julius und seine Freunde duckten sich rasch hinter die Felsen, bevor sie entdeckt wurden. Dann reckte Cornelius vorsichtig den Kopf.

»Was tut sich?«, flüsterte Julius. »Hat er uns gesehen?«

»Ich glaube nicht«, antwortete Cornelius. »Ich bin mir sogar ziemlich sicher, dass er sich gerade mit jemandem unterhält!«

Nun streckte auch Julius den Kopf hoch und erkannte sofort, wer das war. »ASKEPSIS!«, rief er. »Und er hat eine ganze Armee dabei! Was hat der Schurke mit Hadrian zu quatschen?«

»WOW!«, rief Cornelius. »Hadrian verlangt, DICH zu sehen!«

»WIRKLICH?!« Julius war geplättet. »Aber woher weiß er, dass ich hier bin?«

»Wahrscheinlich hat es ihm der römische Präfekt erzählt.« Das kleine Warzenschwein lauschte wieder gespannt. »Offenbar hat Hadrian eine Überraschung für dich!«

»Oh-oh«, fuhr Cornelius fort. »Askepsis hat Hadrian gerade erzählt, dass du ein unechter Gott warst und man dich beseitigt hat!«

»BESEITIGT?!«, schrie Julius. »Das lasse ich NICHT ZU! Ich bestehe auf meiner Überraschung!« Er sprang auf und stolzierte zu den beiden Männer hinüber.

»Julius, warte!«, rief Cornelius, aber es war schon zu spät.

Trotzig baute sich Julius vor den beiden Männern auf.

»Morgen zusammen!«, sagte er lässig.

Askepsis fiel die Kinnlade fast zu Boden. »D-DU!!«, stotterte er und traute offenbar seinen Augen nicht.

Hadrian lachte. »Und wieder trotzt und erstaunt das Zebra!«

Askepsis konnte es immer noch nicht glauben. »WIE bist du nur herausgekommen?«, schrie er. »Das Grab war doch von außen versiegelt. NIEMAND kann von dort entkommen!«

Askepsis fiel auf die Knie. »Dann flehe ich um Vergebung, denn Ihr seid wahrhaftig ein Gott unter den Menschen.«

Julius wandte sich an Hadrian. »Siehst du? Die halten mich hier für was BESONDERES. Vielleicht machst du dich besser VOM ACKER!«

Hadrian kicherte in sich hinein. »Ich hatte schon vergessen, was für ein hartnäckiger kleiner Esel du bist.« Er verschränkte die Arme hinter dem Rücken und ging auf und ab. »Ägypten ist eine Lieblingsprovinz von mir. Es hat mir gar nicht gepasst, dass du hier hereinspazierst und das Kommando übernimmst.«

Hadrian wandte sich zum Schiff und schnippte mit den Fingern. »Und deshalb musste ich natürlich herkommen und mein geliebtes Ägypten wieder übernehmen!«

»So ein lausiges Geschenk!«, beklagte sich Julius. »Den kannst du behalten!«

Hadrian schnaubte ärgerlich. »Nein! NICHT Septimus!« Er schnippte wütend mit den Fingern. »DAS ist mein Geschenk!«

Septimus verschwand unter Deck und kam mit einer anderen Gestalt zurück – einem bedauernswerten Wesen in Ketten, das sehr unglücklich wirkte. Julius kniff die Augen zusammen, um die Silhouette zu erkennen, die sich vor der Sonne abzeichnete.

Aber dann wusste Julius ganz genau, wer das war. Er legte die Hufe über sein Maul und atmete tief ein. »Unfassbar!«, krächzte er.

JULIUS, DU UNGEZOGENER JUNGE!
SCHAU, WAS DU ALLES ANGERICHTET HAST!

»MAMA!!«, schrie Julius. »Was tust DU denn hier?!«

»Ich bin nur DEINETWEGEN hier!«

»Genau, Julius«, erklärte Hadrian selbstgefällig. »Als wir entdeckt haben, dass sie die MUTTER unseres geliebten Champions ist ...«

»Aber jetzt erzählen sie mir, du seiest PHARAO VON ÄGYPTEN«, sagte Julius' Mutter.

Milus brummte leise. »Hat jemand einen Eimer? Ich glaub, mir wird übel!«

»Ich bin auch hier, Mama!«, sagte Brutus und kam an Julius' Seite gelaufen.

Julius' Mutter verdrehte verärgert die Augen.

»DU!«, wieherte sie. »Dummer Junge, du solltest deinen Bruder doch NACH HAUSE zurückholen! Und was ist passiert? Der Schlamassel ist nur GRÖSSER geworden.«

Brutus ließ beschämt den Kopf hängen. »Entschuldige, Mama.«

»Und nimm diesen Seetang vom Kopf«, bellte sie. »Du siehst aus wie ein IDIOT!«

»Aber ich bin froh, dass du noch am Leben bist, Brutus. Es ist wirklich schön, dass ihr BEIDE noch lebt.«

Hadrian drängte sich zwischen die beiden Zebras. »GENUG GEPLAPPERT!«, befahl er und wandte sich an Julius. »DU«, erklärte er, »wirst dich stellen und mir Ägypten zurückgeben, sonst werfe ich deine Mutter den Krokodilen vor!«

Julius' Mutter versuchte, sich aus den Ketten zu befreien. »Hör nicht auf ihn, Julius. Er ist eine Hyäne in Menschengestalt.«

»SO WEIT WIRD ES AUCH NICHT KOMMEN!«, war eine vertraute Stimme zu hören.

Alle wandten den Kopf; hinter ihnen stand Lucia stolz auf ihrem Streitwagen.

»LUCIA!«, rief Julius.

Lucia zwinkerte Julius zu. »Während ihr alle gezankt habt, habe ich meinen Wagen flottgemacht und mir eine EIGENE Armee besorgt!«

Hadrian lachte. »Wie passend!«, kicherte er.

»Und warum?«, fragte Julius.

»Weil ich nach unserem Erfolg mit Tiergladiatoren selbst eine besondere Armee aufgestellt habe!« Wieder schnalzte er in Richtung Schiff mit den Fingern.

»Wenn du Ägypten nicht freiwillig herausgibst, dann werden wir es uns im Kampf mit Zähnen und Klauen zurückholen!«

Hadrian wandte sich an Julius' Mutter. »Ihr, Gnädigste, habt mich eine Hyäne in Menschengestalt genannt, aber wie werden Euer teurer Sohn und seine lächerliche Arme bestehen gegen eine LEGION DER LÖWEN?!«

GRA

AGHH!!

Kapitel dreiundzwanzig

Krokodile rocken's

Askepsis' ägyptische Armee versorgte Julius und seine Freunde eilig mit Schwertern und Schilden und sie stürzten sich sofort in den Kampf.

»Wir müssen Mama retten!«, rief Julius.

»Überlasst das mir!«, bot Brutus mutig an und stürmte in Richtung des Schiffs, wo sie gefangen gehalten wurde.

Julius verschaffte sich einen Überblick über die Schlacht und erkannte, dass sich die Krokodile leicht gegen die Löwenarmee behaupten konnten.

Sie drängten die Löwen rasch zurück und Julius sah Hadrian zu seinem Schiff rennen.

»Er weiß, dass er verloren hat!«, schrie Julius.

Ein Pfeil pfiff dicht an Julius' Nase vorbei.

»Komm dort herunter, du Idiot!«, rief Cornelius.

Ein Löwe warf sich auf Julius und stürzte ihn vom Felsen. Als ihm die Bestie ins Gesicht brüllte, schlug ihr Julius so heftig mit dem Schwertknauf auf den Kopf, dass sie bewusstlos niedersank.

Aber kaum hatte er diesen Löwen abserviert, als schon der nächste Löwe das Schwert nach ihm schwang.

Julius kämpfte inmitten einer Schar rasender Krokodile, die alle Löwen packten und in den Nil schleuderten. Plötzlich sah er ein vertrautes Gesicht, hoch in die Luft gehoben und kurz davor, ins Wasser geworfen zu werden.

»NEIN!«, schrie Julius. »DEN nicht! Der gehört zu uns!« Verdutzt setzte das Krokodil den Löwen ab und stürmte wieder in die Schlacht.

»Danke, Esel«, sagte Milus und klopfte sich ab. »Ich wollte es ihm erklären, aber er hat nicht zugehört.«

Als die Reihen der Löwen ins Wanken gerieten, lief auch Julius zu Hadrians Schiff, um Brutus und seine Mutter zu suchen. Er sah, dass sein Bruder an Deck einen römischen Wachsoldaten bearbeitete. Da tauchte plötzlich Hadrian persönlich auf, stürzte sich auf Brutus und warf das unglückliche Zebra über Bord. Bevor Julius das Schiff erreichte, hielt ihn Felix auf.

»Vergiss es, Felix!«, schrie Julius. »Die Römer sind schon auf der Flucht!«

Felix zeigte auf Hadrians Schiff. »Aber wenn ich nicht so selbstsüchtig gewesen wäre, hätten wir jetzt nicht diesen ganzen Schlamassel!«

Die Antilope hielt den funkelnden Edelstein hoch in die Luft. »HADRIAN!«, rief Felix. »ICH HABE EIN GESCHENK FÜR DICH!«

Als Hadrian das Juwel auffing, verlor er das Gleichgewicht. Entsetzt ruderte er mit dem Arm und stieß dabei einen seiner Generäle in den Fluss.

Mit einem großen Krachen schoss das Schiff rückwärts, sodass alle an Deck über Bord gingen.

»VERFLUCHTE ZAUBEREI!«, donnerte Hadrian.

Julius jagte blitzschnell auf das Leck geschlagene Schiff hinauf und packte seine Mutter. Hadrian versuchte aufzustehen, aber ein weiterer Ruck ließ ihn sofort wieder lang hinschlagen.

Vom Deck seines untergehenden Schiffes rief Hadrian Julius zu: »Gratuliere, Zebra! Du hast mich wieder besiegt!«

Schließlich schaffte es Julius' Mutter doch, die Ketten abzuschütteln. Sie packte den Kaiser und hob ihn hoch in die Luft.

»ER WIRD NICHTS DERGLEICHEN TUN!«

Kapitel vierundzwanzig

Zeit, heimzufahren

Als sich der Staub legte, flohen die letzten Löwen zu ihren Schiffen und setzten Segel in Richtung Rom. Das Wrack von Hadrians Königsbarke blieb als Zeichen für diesen denkwürdigen Tag zurück.

Askepsis überreichte Julius die ägyptische Krone.

Julius klopfte dem Priester auf die Schulter. »Danke, aber behalte sie nur.«

Dann bedankte sich Julius bei den Krokodilen für ihren großartigen Kampf. »Ich werde euch niemals vergessen!«

Sie neigten die Köpfe und gingen dann zurück zum Fluss.

»Können wir jetzt los?«, war die Stimme seiner Mutter zu hören.

»Ja, Mama. Ich glaube, von Pharaos und Göttern und solchem Zeug habe ich jetzt genug.«

Rasch kamen Milus, Felix, Lucia, Rufus und Cornelius dazu. »Endlich!«, sagte Milus. »Wir gehen nach Hause!«

Julius blickte hektisch um sich. »Wartet mal, wo ist eigentlich Plinius?«

»Die kleine Maus wird mir fehlen«, seufzte Julius. »Nach den vergangenen Monaten wird es mir zu Hause sehr ruhig vorkommen!«

Vor ihnen zog sich eine staubige Straße bis zum Horizont. »Falls ich mich langweile, könnte ich mir ja Hadrians Angebot noch mal überlegen!«, gluckste Julius. »Vielleicht könnte ich mich eines Tages bis zum Kaiser hocharbeiten!«

Schlag dir das aus dem Kopf!

Nachwort

Unter der brütenden Sonne stand Julius am Rand des Wasserlochs und sog tief die Luft ein. »AH!«, seufzte er. »Ich hätte nie gedacht, dass ich den Kacka-Duft hier am See eines Tages genießen würde.« Er wandte sich an seine Freunde Cornelius und Milus, die sich ebenfalls am vertrauten Anblick, den Geräuschen und Gerüchen erfreuten. »Kaum zu glauben, dass wir uns vor all diesen Monden hier zum ersten Mal getroffen haben, nicht wahr? Kommt euch das nicht auch wie eine EWIGKEIT vor?«

Milus schüttelte entgeistert den Kopf. »Wenn man bedenkt, dass ich hier nur kurz einen Schluck trinken wollte und dann mit euch Deppen fast am Ende der Welt gelandet bin!«

Sie beugten die Köpfe zum Wasser hinunter und schlürften das kühle Nass, als Cornelius plötzlich auf dem Hügel gegenüber einen großen Mann entdeckte. Er schien die drei zu beobachten.

»He, Leute«, sagte das kleine Warzenschwein. »Wer ist der Kerl dort mit Umhang und Kapuze? Kennst du den, Julius?«

Julius hob den Kopf, kniff die geblendeten Augen zusammen und konnte nur erkennen, dass die Gestalt näher kam. Julius schüttelte den Kopf. »Nee«, antwortete er. »Hat bestimmt nichts mit mir zu tun! Soll ich mit ihm reden?«

Milus schob sich rasch an Julius heran. »Vorsicht, Esel. Der sieht mir nicht ganz geheuer aus!«

Ohne Warnung kam der Fremde angestürmt und drängte sich zwischen Julius und Milus. »HÜTE DICH, GESTREIFTER!«, dröhnte er. »DAS BIEST WILL DICH FRESSEN!« Er hob Milus mit bloßen Händen in die Höhe und schleuderte ihn weit von sich.

»He! Was soll das?«, rief Julius.

Der geheimnisvolle Rohling schlug die Kapuze zurück und zeigte sein rundes, strahlendes, bärtiges Gesicht.

FORTSETZUNG FOLGT …

Römische Zahlen

1	I	7	VII	13	XIII	50	L	200	CC
2	II	8	VIII	14	XIV	60	LX	300	CCC
3	III	9	IX	15	XV	70	LXX		
4	IV	10	X	20	XX	80	LXXX		
5	V	11	XI	30	XXX	90	XC		
6	VI	12	XII	40	XL	100	C		

Schreib deinen Namen in Hieroglyphen

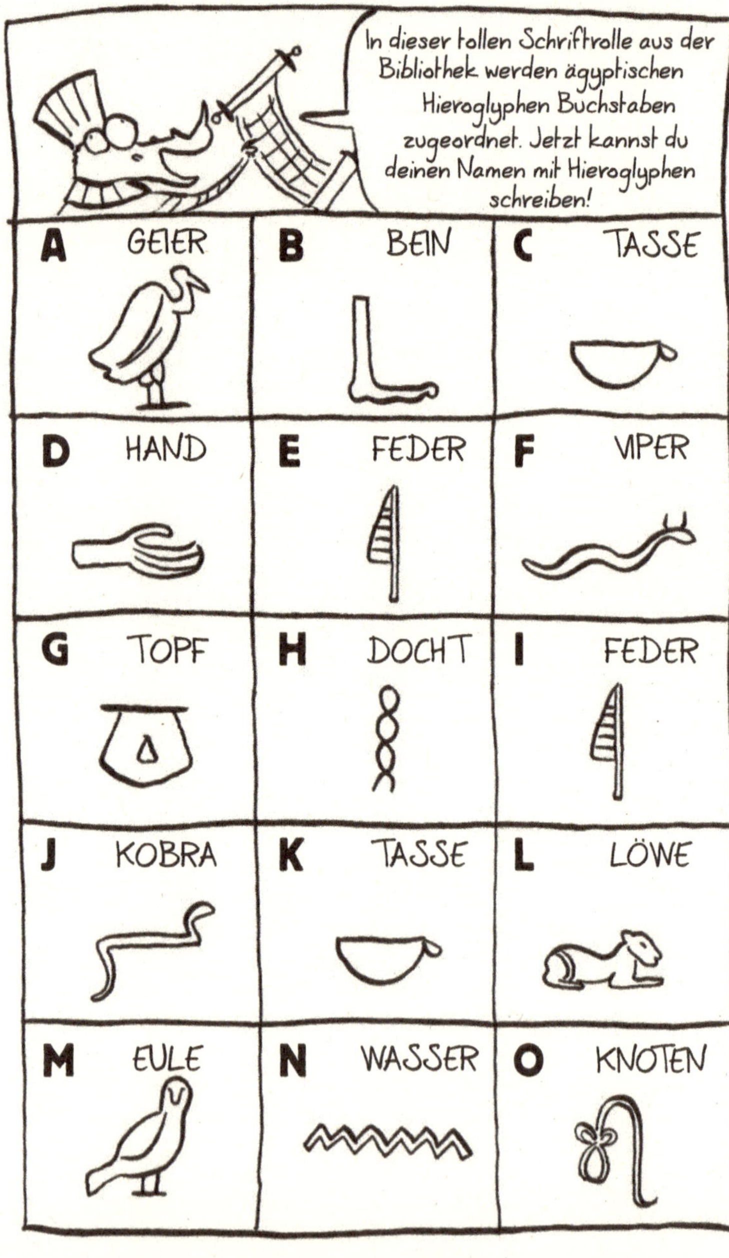

P HOCKER 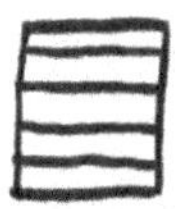	**Q** HÜGEL 	**R** MUND 
S TUCH 	**T** LAIB 	**U** KÜKEN 
V VIPER 	**W** SEIL 	**X** TUCH 
Y FEDER 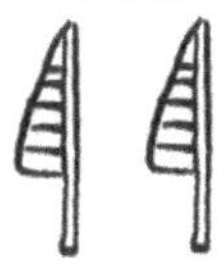	**Z** BLITZ 	**CH** FESSEL 
SCH SEE 	**JUNGE** 	**MÄDCHEN** 

Die Kunst der Mumifizierung

In feine Leinenbinden einwickeln.
Bloß nicht zu fest!
Dann kommen Juwelen und Amulette zwischen die Schichten.
Der beste Teil!
Ha Ha! Ha Ha! Stopp! Das kitzelt!
Was passiert dann?
Wir können ihn zweitausend Jahre liegen lassen. Er ist perfekt konserviert!
Hallo? Lasst ihr mich jetzt raus?
Hallo!!?

Garys Wörterbuch

ALEXANDRIA
Frühere ägyptische Hauptstadt, gegründet 331 vor Christus Geburt von Alexander dem Großen. Wäre Julius Pharao geblieben, dann hieße sie jetzt bestimmt *Heteria* oder *Julius Zebria*.

ANTIKE ÄGYPTISCHE KLEIDUNG
Ägyptische Aristokraten zeigten ihren Reichtum mit prächtigen Kopfbedeckungen und Kragen. Die Kopftücher bestanden aus festem Leinen und waren bunt gemustert. Kragen fertigte man aus mit Edelsteinen besetztem Gold, Silber oder Kupfer. Gegen die Hitze der Wüste schützten sich fast alle Ägypter mit Perücken (eher selten aus Seetang), und Frauen wie Männer schmückten ihre Augen mit einem schwarzen Lidstrich. Das sah nicht nur cool aus, sondern schützte die Augen auch vor dem allgegenwärtigen Staub der Wüste.

BIBLIOTHEK VON ALEXANDRIA
Mit mehr als einer halben Million Papyrusrollen die größte Bibliothek der damaligen Welt, erbaut Anfang des 3. Jahrhunderts vor Christus. Besucht von Persönlichkeiten wie Archimedes und Julius Cäsar (der wohl nicht so beeindruckt war, da er sie 48 vor Christus niederbrennen ließ).

ESELSMILCH
Kleopatra badete häufig in der für ihre verjüngende Wirkung gerühmten Eselsmilch. Es heißt, für ein einziges Bad seien 700 Esel nötig gewesen!

GASTROMANTIE
Die Kunst, die Geräusche der Gedärme zu verstehen, die man für die Stimmen der Geister hielt. So glaubte man, mit Toten sprechen oder die Zukunft vorhersagen zu können. Die daraus entstandene Bauchrednerei ist bis heute beliebt.

GRABRÄUBER
Kaum war damals ein König oder eine Königin bestattet, versuchten Grabräuber, die Schätze der Gräber zu rauben. Zum Schutz wurden manche Gräber mit Flüchen belegt, die mit schrecklichen Krankheiten oder Angriffen von Krokodilen drohten. Auch wurden komplizierte und verwirrende Tunnelanlagen gebaut,

doch die Bemühungen waren in der Regel umsonst, denn die meisten Gräber sind trotzdem ausgeraubt worden.

HETER
Das ägyptische Wort für ein Zugpferd, in Hieroglyphen »Htr« buchstabiert, zusammen mit dem Bild eines Pferdes. Auch im Grab von Tutanchamun wurde ein Heter-Schriftzug gefunden, aber wir wussten ja schon, dass Julius etwas Besonderes ist!

HIEROGLYPHEN
Die Bilderschrift der alten Ägypter. Ihre Bedeutung war über Jahrhunderte verloren und konnte erst Anfang des 19. Jahrhunderts dank des 1799 gefundenen Rosetta-Steins entziffert werden.

HORUS
Schöpfer des Himmels und Erster der wichtigen ägyptischen Götter. Sein rechtes Auge steht für die Sonne, das linke für den Mond. Meist dargestellt als Mann mit dem Kopf eines Falken. Oder einer Taube.

KARTUSCHE
Von einer ovalen Linie eingeschlossene Hieroglyphen mit einem Strich darunter weisen auf einen königlichen Namen hin. Oft trug der Pharao selbst Amulette in dieser Form mit seinem Namen, und sein Grab wurde mit solchen Kartuschen geschmückt. Außerdem klingt es so, wie wenn man niest.

KLEOPATRA
Königin von Ägypten und letzte Pharaonin. Sie heiratete den römischen Diktator Mark Anton. Nach der gegen seinen Widersacher Oktavian verlorenen Seeschlacht von Actium nahm sich das Paar das Leben. Ihr Grab ist bis heute nicht entdeckt.

KÖNIGSBARKE
Reich geschmückt mit Gold und roter Seide und begleitet von den sanften Klängen von Flöten und Harfen sowie köstlichen Blumendüften fuhr die Königsbarke den Nil hinauf. Dann strömten alle ans Ufer, um das Wunder zu bestaunen, das zu Ehren der Pharaonen sein Gefolge mit großem Pomp veranstaltete.

MEMPHIS
Blühende Hauptstadt des alten Ägypten im Süden des Nildeltas, nahe der berühmten Pyramiden. Nach Jahrhunderten der Vorherrschaft lief ihr später Alexandria den Rang ab.

NIL
Der Fluss war entscheidend für die ägyptische Zivilisation, denn seine Überschwemmungen machten in einer lebensfeindlichen Wüste den Boden fruchtbar für Nahrung, Papyrus sowie Leinenpflanzen für Bekleidung. Er ist auch Heimat eines der größten Reptile, des Nilkrokodils.

PAPYRUS
Eine Art dickes Papier, das man aus dem Mark der am Nilufer wachsenden Papyruspflanze herstellt. Die Ägypter

schrieben ihre Hieroglyphen auf Papyrus und fügten Stücke davon zu langen Schriftrollen aneinander – eine frühe Form von Büchern!

PHARAONEN

Pharaonen waren die politischen und religiösen Führer Ägyptens und galten als Götter. Männliche wie weibliche Pharaonen trugen als Zeichen ihrer Göttlichkeit bei religiösen Feiern und wichtigen Anlässen falsche Bärte. Zusätzlich führten sie dabei auch den Krummstab als Zeichen der Königswürde sowie die Geißel (eine Art kleine Peitsche) als Symbol der Fruchtbarkeit des Landes.

PHAROS

Der Leuchtturm von Alexandria zählt zu den sieben Weltwundern der Antike. Mit mehr als 120 Meter Höhe war er nach der Cheopspyramide das zweithöchste Bauwerk. Es heißt, sein mit einem gigantischen Spiegel gebündelte Licht sei 50 Kilometer weit zu sehen gewesen.

PRIESTER

Im Tempel versah eine ganze Schar von Priestern viele verschiedene Aufgaben – alles jedoch zum Wohl der Götter. Bei religiösen Zeremonien trugen sie oft Masken, um einen bestimmten Gott zu verkörpern. Alle Priester mussten ihre Köpfe rasieren, und man kann verstehen, dass sie deswegen bei der herrschenden Hitze sehr mürrisch waren!

PYRAMIDEN

Zum Schutz ihrer toten Pharaonen bauten die Ägypter riesige Grabanlagen, die man Pyramiden nennt. Die größte wurde 2560 vor Christus für den Pharao Cheops erbaut. Das dauerte 20 Jahre und erforderte 5,5 Millionen Tonnen Kalkstein und Hunderttausende von Arbeitern.

SARKOPHAG

Ein großer Steinsarg, in dem die Ägypter ihre mumifizierten Toten bestatteten. Die Sarkophage von Pharaonen und Würdenträgern waren oft reich geschmückt mit Bildern und Hieroglyphen, die auf den Toten hinweisen.

SCHLAGEISEN

Ein kleines wie ein Hufeisen geformtes Stück Eisen. Beim Schlagen gegen Feuerstein oder andere Steine entstehen Funken, die den getränkten Docht einer Lampe oder eines Zunders für ein Lagerfeuer entzünden. Verwendung in Bibliotheken oder Tempeln nicht empfohlen!

SERAPEUM

Der größte und prächtigste Tempel in Alexandria war dem Gott *Serapis* gewidmet, dem Beschützer der Stadt. Der Tempel beherbergte das Orakel, einen weisen Menschen mit der Gabe, in die Zukunft zu sehen – natürlich mit Hilfe der Götter.

SKARABÄUS

Der auch *Pillendreher* genannte kleine Käfer, der aus dem Kot anderer Tiere

Kugeln formt, war den Ägyptern der Antike heilig, denn sie sahen im Rollen der Kugeln ein Sinnbild für die Wanderung der Sonne am Himmel. Deshalb wurde Chepre, der Gott der Morgensonne, nach dem Käfer benannt.

TIERE IM ALTEN ÄGYPTEN

Die alten Ägypter glaubten, dass Götter in Gestalt bestimmter Tiere auf der Erde erscheinen. Wer Glück hatte, wurde als *Falke, Katze, Nilpferd* oder *Krokodil* verehrt und verwöhnt. Zebras eher nicht.

TITUS FLAVIUS

Titus Flavius Titanius war der Präfekt oder Statthalter von Ägypten – einer der größten Provinzen des Römischen Reiches und zugleich persönlicher Herrschaftsbereich des Kaisers. Der Präfekt regelte die Finanzen der Provinz Ägypten und wurde vom Kaiser persönlich ernannt.

Gary Northfield schreibt und zeichnet Comics seit 2002, u. a. für die Zeitschrift *National Geographic Kids*. Tiere und ihr lustiges Leben zählen zu Garys Lieblingsthemen, und oft fragt er sich, was sie wohl über die Welt denken, in der sie leben. Gary lebt in Belvedere, Kent.

Von Gary Northfield ist bereits bei cbj erschienen:

Julius Zebra – Raufen mit den Römern (16392, Bd. 1)

Julius Zebra – Boxen mit den Briten (16393, Bd. 2)

Julius Zebra – Gerangel mit den Griechen (17621, Bd. 4)

Jory John / Mac Barnett

Miles & Niles – Hirnzellen im Hinterhalt

224 Seiten, ISBN 978-3-570-16367-2

Wenn es etwas gibt, das Miles Murphy perfekt beherrscht, dann ist es Streiche spielen. Unfug treiben. Leute austricksen. Keine Frage: Er ist beste Trickser, den seine alte Schule je gesehen hat. Als Miles gezwungen wird, in das langweilige Kuh-Kaff Yawnee Valley zu ziehen, geht er deshalb davon aus, dass er auch an seiner neuen Schule der beste Trickser sein wird. Es gibt nur ein Problem: Die Schule hat schon einen Trickser. Und der ist gut – unglaublich gut!

Miles ist entsetzt zu sehen, dass sein Konkurrent einem Phantom gleicht: Niemand kennt ihn, nie fliegen seine Streiche auf! Als Miles entdeckt, dass ausgerechnet Lehrerliebling Niles hinter den Geniestreichen steckt, entspinnt sich der größte Trickser-Wettstreit, den Yawnee Valley je gesehen hat.

10391

cbj

www.cbj-verlag.de